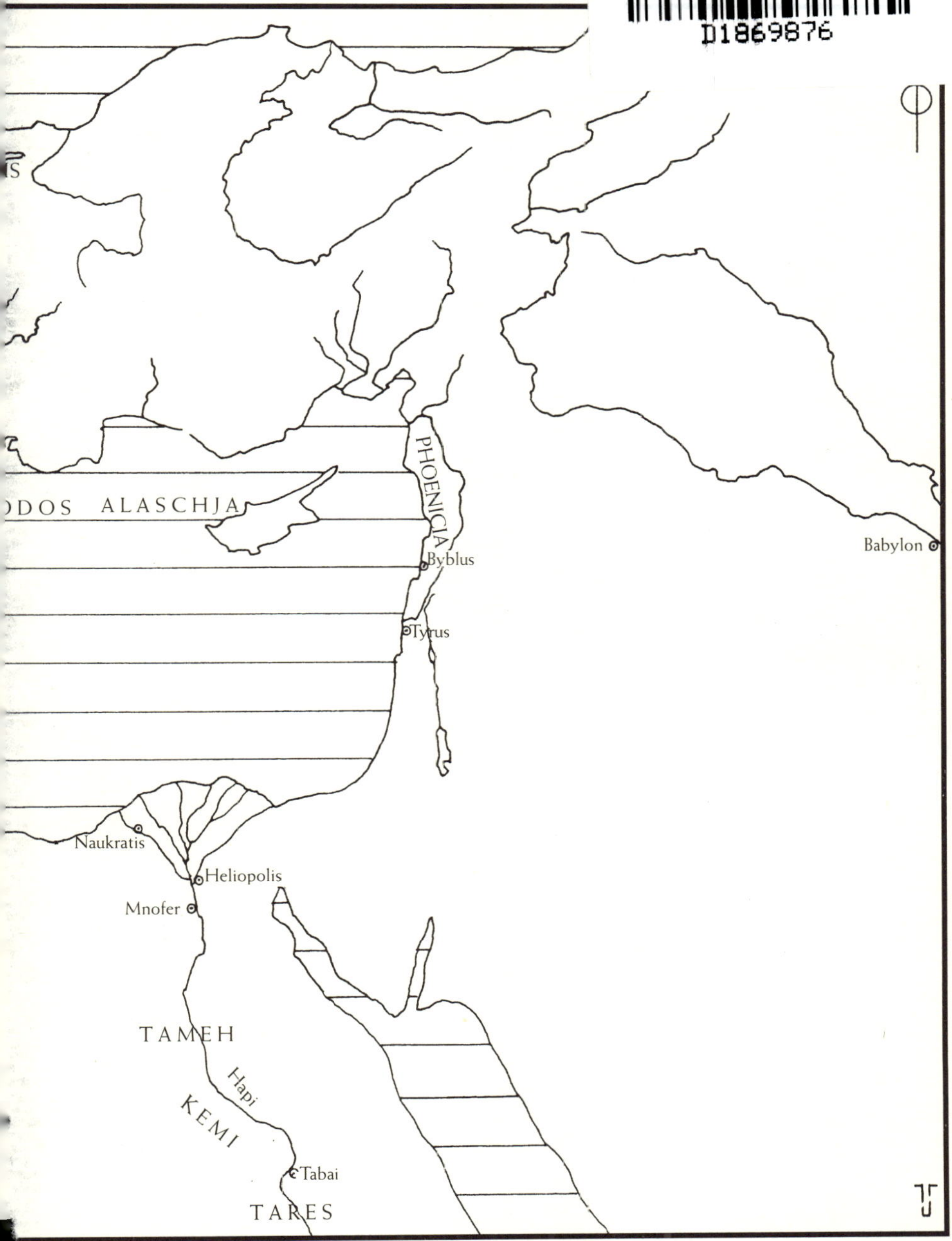
ALASCHJA
PHOENICIA
Byblus
Tyrus
Babylon
Naukratis
Heliopolis
Mnofer
TAMEH
Hapi
KEMI
Tabai
TARES

Tonny Vos-Dahmen von Buchholz

Der Komet von Samos

Tonny Vos-Dahmen von Buchholz

DER KOMET VON SAMOS

DAS LEBEN DES PYTHAGORAS

Aus dem Niederländischen von Siegfried Mrotzek

Urachhaus

Titel der niederländischen Originalausgabe:
De komeet van Samos

Die Übersetzung wurde durch den Nederlands Literair
Produktie- en Vertalingenfonds, Amsterdam, finanziell gefördert.

ISBN 3-8251-7117-5

Nach den Richtlinien der neuen Rechtschreibung

Erschienen 1997 im Verlag Urachhaus

Umschlaggestaltung: Walter Schneider
Druck: Clausen & Bosse, Leck
Karten: Frits Vos

INHALT

POLYKRATES

Des Lebens ungemischte Freude
Ward keinem Irdischen zu Theil.

Friedrich von Schiller (1759-1805)
»Der Ring des Polykrates«

DIE GUNST DER GÖTTER

Hoch über der Stadt stand der Tyrann Polykrates auf dem Balkon seines Palastes und schaute auf Samos. Es war die Mittagsstunde. Am Fuße der Akropolis schliefen die Häuser in der warmen Frühjahrssonne. Zu dieser Tageszeit war wenig Betrieb in den Straßen. Vom Meer her wehte ein angenehm kühler Wind über die Insel. Der Regen der letzten Monate hatte den Hängen des Ampelos ein frisches Grün beschert. Auf den Feldern und Gehöften blühten Blumen in allen Farben. Zufrieden stellte Polykrates fest, dass Samos schön war, vor allem in dieser Jahreszeit.

Prüfend glitt der Blick seiner kleinen, eng zusammenstehenden Augen über die Festungsmauern, die er aus Bruchsteinen und Marmor um seine Stadt herum hatte bauen lassen. Durch zwölf Tore führten Wege aus der befestigten Stadt ins Umland. Die unter seiner Aufsicht gebauten Hafenanlagen mit ihren Verteidigungsmauern und der mit enormen Gewichten im Meeresboden verankerte, zwei Stadien lange Wellenbrecher boten Schutz vor dem ungestümen Meer. Skulpturen, die er von berühmten Künstlern hatte schaffen lassen, schmückten die Straßen und Plätze mit prunkvollen öffentlichen Gebäuden. Da war der Tempel des Apollon, des Gottes von Samos, erbaut vom Baumeister Mnesarchos, da stand die Bronzeskulptur des Apollon, die der Bildhauer Theodoros in seinem Auftrag geschaffen hatte, da hoben sich die Tempel der Aphrodite, des Ares, der Demeter und Hera vom wolkenlos blauen Himmel ab. Und weit entfernt, am Ende der Heiligen Straße, lag das Heraion, das noch im Bau befindliche neue, große Hera-Heiligtum, das den alten, von Rhoikos erbauten Tempel übertreffen sollte. Und oben auf dem Berg gegenüber entstand das Landgut, das er als Zentrum für Dichter, Ärzte, Baumeister und Künstler bauen ließ. Samos, die schönste Stadt der Ägäis.

Alles ist mir untertan! ging es ihm durch den Kopf. Alles ist unter meiner Regentschaft entstanden, gebaut, erobert, beschützt, verschönert worden.

Für einen Moment erinnerte er sich daran, wie es ihm gelungen war, seine Macht zu festigen und zu vergrößern. Er dachte an Pantagnotos, den Bruder, den er hatte ermorden lassen, an Syloson, den anderen Bruder, den er verbannt hatte, an den erbarmungslosen Kampf gegen Kafti, gegen alles und alle, die sich ihm widersetzt hatten. Quälte ihn das Gewissen, das er schon vor Jahren beruhigt hatte? Etwas verärgert über seine Gedanken zuckte er mit den Schultern. Fast mühelos schüttelte er die Erinnerung an seine Machenschaften ab, denn er war überzeugt davon, dass mit einer sanften Führung kein starkes Land, keine Machtposition zu schaffen und zu halten sei. Macht war eine Notwendigkeit – Macht, die alles, was sich ihr in den Weg stellt, bricht, zu Boden schlägt, zerschmettert. Das war seine Lebensmaxime und damit hatte er Samos stark, reich und mächtig gemacht. Er hatte fest vor, diese Position noch weiter auszubauen. Wer sollte ihn daran hindern? Da war ihm, als gäbe eine Stimme in seinem Kopf Antwort auf diese unausgesprochene Frage: die Perser!

Die dunklen Augen des Polykrates glitten über den Hafen und über die schmale Straße von Mykale zum gegenüberliegenden Festland. Da waren die Bergrücken von Lydia, zu ihren Füßen die ionischen Kolonien, die aber nun eine nach der anderen unter persische Herrschaft fielen. Die Perser waren zweifellos eine Gefahr. Sie versuchten ihre Macht mindestens über die ganze Ägäis auszudehnen. Bisher war es Polykrates gelungen, die Unabhängigkeit von Samos zu bewahren. Aber besser als jeder andere wusste er, dass sich das jeden Moment ändern konnte. Er verließ sich auf seinen Scharfsinn, auf sein geschicktes Taktieren in der Außenpolitik. Doch musste er wachsam bleiben. Ein einziger Fehler und er war verloren.

Der wichtigste Trumpf in diesem politischen Spiel war seine Kriegsflotte. Seine Überlegenheit auf dem Meer beruhte auf den neuen Schiffen, die er hatte entwerfen und bauen lassen, den Samainas. Das waren Zwei- und Dreimaster mit einem Bug, der Geschwindigkeit garantierte.

Er hatte es verstanden, die Handelsbeziehungen mit Kemi zu verbessern, indem er mit Amasis, dem Pharao der Zwei Länder, Freundschaft schloss, obwohl die Bevölkerung dort den Ioniern absolut feindlich gesinnt war. Aber alle Handelswaren konnten nur über den freien Handelsplatz Naukratis am Ufer des Hapi ein- und ausgeführt werden.

Die Götter sind mir wohlgesonnen, ging es ihm durch den Kopf. Auf dem Meer bin ich genauso stark wie seinerzeit der Minos von Knossos. Was kann mir schon passieren?

In der Ferne hörte er das Geräusch von aufeinander geschlagenen Steinen. Er schaute genau hin. Beim nordwestlichen Tor, von wo aus die Heilige Straße direkt zum Heraion führte, sahen seine scharfen Augen Gestalten, die sich bewegten. Er wusste, dass es die Gefangenen von Mytilene waren, die die Mauer verstärkten und einen Graben davor aushoben. Für Sklaven gab es auch in den heißesten Stunden des Tages keine Ruhepause.

Schritte hinter ihm beendeten seine Überlegungen. Es war sein Haussklave, der in der Tür stehen blieb und sich verbeugte.

»Ein Besucher ist gekommen, der meinen Herrn zu sprechen wünscht«, sagte er untertänig. »Es ist Baumeister Eupalinos.«

Polykrates drehte sich um und eilte mit großen Schritten in den Empfangssaal.

»Lass ihn heraufkommen.«

Fast unhörbar entfernte sich der Sklave. Bald darauf führte er den angekündigten Besucher herein. Eupalinos von Megara war eine auffällige Erscheinung. Den zwar stämmigen, doch ziemlich kleinen Tyrannen überragte er um Haupteslänge. Seine kerzengerade Haltung, seine hellblauen Augen und seine tiefe, gebieterische Stimme zeugten von Selbstbewusstsein und Autorität. Selbstverständlich wusste er sehr

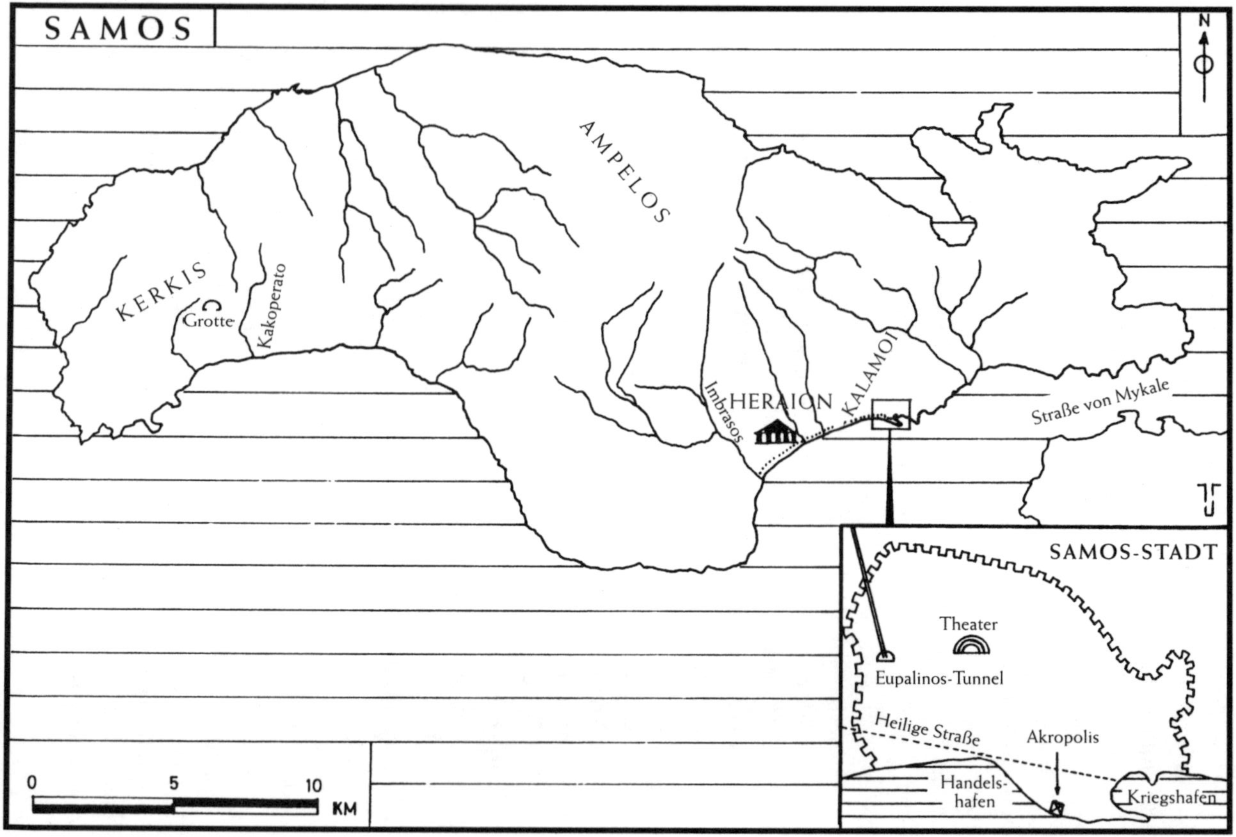
SAMOS
N
KERKIS
Grotte
Kakoperato
AMPELOS
Imbrasos
HERAION
KALAMOI
Straße von Mykale
SAMOS-STADT
Theater
Eupalinos-Tunnel
Heilige Straße
Akropolis
Handels-
hafen
Kriegshafen
0
5
10
KM

gut, dass er eine untergeordnete Stellung innehatte, aber ihm war auch bewusst, dass er mit seinen Fähigkeiten und Kenntnissen für Polykrates sehr nützlich, eigentlich sogar unentbehrlich war. Und er erlaubte sich, das mit freimütiger Haltung auszudrücken. Ohne untertänig zu grüßen kam er sofort zur Sache.

»Meine Arbeiter können sich schon hören! Soweit ich das jetzt abschätzen kann, stößt der eine Trupp einige Fuß höher durch als der andere. Ich nehme an, dass sie sich morgen, spätestens übermorgen treffen.«

Diese kurze Mitteilung trieb Polykrates das Blut in die Wangen. Das war die Krönung seines Werkes! Der Tunnel, den er quer durch den Berg treiben ließ, um die ganze Stadt mit dem Wasser der auf der anderen Seite sprudelnden Quellen zu versorgen – das war die Krönung seiner Anstrengungen als Bauherr. Sobald vollendet war, was Eupalinos berechnet und durchgeführt hatte, würde er, Polykrates, den Ruhm für diese außerordentliche technische Leistung ernten. Ihm würde alle Welt Beifall zollen, denn dann war er der Mann, der es geschafft hatte, dieses unvorstellbare Vorhaben zu realisieren. Und wieder durchzuckte ihn der Gedanke: Die Götter sind mir wohlgesonnen.

Auf dem Tisch im großen Empfangssaal entfaltete Eupalinos eine Pergamentrolle. Mit dem Zeigefinger deutete er an, wie weit die Arbeit fortgeschritten war.

»Hier ist jetzt der Trupp, der von Norden her gräbt«, sagte er. »Und hier, etwas tiefer, sind die Leute, die von dieser Seite kommen. Du siehst, da ist ein kleiner Höhenunterschied, aber das ist kein Problem. Sobald der Durchbruch geschafft ist, können wir den Tunnelboden angleichen.«

Auch Eupalinos war erregt. Besser als jeder andere wusste er, welche Leistung er mit seinen Arbeitern vollbracht hatte. Und ihm war auch klar, dass mit diesem technischen Meisterstück, einem Tunnel von sieben Stadien Länge, in Handarbeit durch den Berg getrieben, nicht sein Name, sondern auf ewig der des Tyrannen verbunden sein würde. Eupalinos war stolz, aber nicht eitel.

Mit einem Ruck richtete sich Polykrates auf. Er reichte dem Baumeister die Hand.

»Gut gemacht, Eupalinos! Dieses Werk wird in der ganzen Welt gerühmt werden. Ich werde dich fürstlich belohnen!«

Ein kurzes Lächeln huschte über das Gesicht des Baumeisters.

»Sobald der Durchbruch geschafft ist, gebe ich für meine Arbeiter ein Fest«, antwortete er. »Mit deiner Erlaubnis gehe ich nun wieder zum Berg. Ich will den Moment, da sich die beiden Trupps treffen, nicht verpassen.«

Verwundert schaute Polykrates seinem Baumeister nach, der, ohne auf Anwort zu warten, den Saal verließ. Gleich darauf hörte er seine Schritte auf der Treppe und vom Balkon aus sah er ihn auf der inzwischen wieder belebten Straße in Richtung Tunneleingang verschwinden.

Der Tunnel durch den Berg war acht Fuß hoch und genauso breit. Nachdem die beiden Bautrupps einander erreicht hatten, ließ Eupalinos den Tunnelboden an der Durchbruchstelle eben machen und über die volle Tunnellänge eine Wasserrinne graben. Als das erste Wasser die Stadt erreichte, ließ der Tyrann ein großes Fest veranstalten. Tage- und vor allem nächtelang feierten die Bewohner der Stadt die Vollendung dieser außergewöhnlichen Wasserleitung. In den Straßen flanierten, gefolgt von ihren Sklavinnen, die Frauen in ihren kostbarsten Gewändern. Auch die Männer legten Wert auf ihr Äußeres, viele trugen goldene Ohrringe und Armbänder. Bis tief in die Nacht floss in den Schenken im Hafenviertel der Wein durch die Kehlen wie das Wasser durch den Tunnel.

Polykrates wusste, dass er nicht auf die Gunst des Volkes verzichten konnte. Auch wenn es Klagen gab über die Höhe der Steuern, er verstand es immer wieder, mit Festen und gratis ausgeschenktem Wein und Bier das Volk im richtigen Moment bei Laune zu halten. Wer noch vor kurzem über die ihm auferlegte schwere Last gejammert hatte, wollte nun nichts mehr von seiner Unzufriedenheit wissen. Mit vernebeltem Kopf war manch einer davon überzeugt, Samos sei mit einem Herrscher gesegnet, der die Insel zu Wohlstand und Blüte geführt habe. »Es lebe Polykrates, unser Herrscher!«

Als nach den ausgedehnten Festen wieder die ersten Schiffe ausliefen, verbreitete sich die Kunde vom technischen Wunderwerk schnell über alle Inseln. In kürzester Zeit wusste man in allen Handelsorten der Ägäis und am Großen Grünen Meer, was Polykrates nun wieder zustande gebracht hatte. Die Nachricht erreichte auch die Hellenen im fernen Naukratis und schon bald darauf auch den Palast des Pharaos.

Pharao Amasis saß unter hohen Dattelpalmen am Ufer des Teiches. Es war ein heißer Tag gewesen, aber als die Sonne hinter dem Ende der Welt verschwunden war, wurde es kühler. Es konnte nicht mehr lange dauern, bis der Wüstenwind die Hitze des Tages völlig vertrieben hätte. Amasis liebte die Abendstunden. Nach den Mühen des Tages ruhte er sich gern am stillen, von blauen Lotosblumen und Papyrusstauden umgebenen Teich aus. Neben ihm stand ein Elfenbeintisch mit einem bis an den Rand mit Wein gefüllten goldenen Becher und einer Schale aus Alabaster mit Datteln, Feigen und Granatäpfeln. Ihm gegenüber auf einem Korbstuhl saß sein Schreiber. Beim spärlichen Licht einer Öllampe hatte er gerade den Inhalt eines Briefes übersetzt, den ein Sonderkurier aus Naukratis in die Hauptstadt gebracht hatte.

Der Schreiber des Pharaos war zwar jung, aber besonders begabt. Er sprach und schrieb nicht nur die beiden Sprachen von Kemi, sondern auch Ionisch, und er konnte die verschiedenen Dialekte der Inseln entziffern. Außerdem genoss er das absolute Vertrauen seines Herrschers.

Der Brief, den er Amasis vorgelesen hatte, kam aus Samos. Darin berichtete der Herrscher von Samos seinem Freund und Bundesgenossen in Mnofer euphorisch, dass es seinem Baumeister gelungen sei, einen Tunnel durch das Gebirge zu graben, um Quellwasser in die Stadt zu leiten. Amasis dachte an den Besuch, den er mit seiner hellenischen Frau Ladike vor einigen Jahren der Insel Samos abgestattet hatte. Damals hatte Polykrates ihm seine großen Pläne enthüllt. Die beiden Herrscher hatten auf dem Balkon des Palastes gestanden und hinüber zu dem Berg in der Ferne geschaut. Amasis hatte die Pläne des Tyrannen »beeindruckend« genannt, aber innerlich hatte er starke Zweifel an der Durchführbarkeit. Doch diplomatisch hatte er seine Zweifel verschwiegen.

Wasser ist Reichtum, dachte er nun. In Kemi war das ganze Leben abhängig von den Überschwemmungen des Hapi. Wo der Strom jedes Jahr über die Ufer trat und eine Schlammschicht zurückließ, wenn er sich wieder in sein Bett zurückzog, da war das Land fruchtbar und brachte gute Ernten. Die Wüste östlich und westlich des fruchtbaren Streifens blieb öde und trocken. Wie oft hatte er nicht schon mit dem Gedanken gespielt, das Wasser weiter in die Wüste zu leiten, um so die fruchtbaren Ländereien zu vergrößern. Er hatte sich mit seinen Wesiren darüber beraten, aber bisher war es noch keinem gelungen, den Gedanken in die Tat umzusetzen.

Auch Samos, die schöne Insel des Polykrates, kannte Zeiten großer Hitze. Die Insel war zwar reich an Quellen, aber die waren in den Bergen. Die Stadt litt oft unter Trockenheit. Dem hatte Polykrates durch sein Tunnelprojekt ein Ende machen wollen. Es schien ein Hirngespinst zu sein. Dass es schließlich doch gelungen war, überraschte den Pharao und fand seine Bewunderung.

»Hole dir einen Becher Wein«, sagte er zu seinem Schreiber. »Nein, hole lieber eine Amphore, ich möchte auch noch etwas trinken.«

Der junge Mann führte den Befehl aus. Für einen Moment war der Pharao allein mit seinen Gedanken. Die Papyrusstengel am Ufer des Teiches raschelten im Wind. Amasis nahm den goldenen Becher vom Tisch und leerte ihn in ein paar Zügen. Polykrates ist gelungen, was mir nicht gelingen will, ging es ihm durch den Kopf. Er spürte so etwas wie Neid. Was hat der Mann, was ich nicht habe? Die Antwort war nicht schwer, sie drängte sich ihm förmlich auf. Polykrates hat die richtigen Leute. Er hat den Baumeister Eupalinos. Amasis wusste genau, wem die Ehre für diese Leistung gebührte.

Schritte hinter ihm beendeten seine Gedanken. Der Schreiber füllte aus einer Amphore erst den goldenen Becher des Herrschers, dann seinen eigenen Keramikbecher. Darauf setzte er die Amphore ab, drückte sie tief in den lockeren Boden und setzte sich wieder auf seinen Stuhl. Als der Pharao zu sprechen begann, zuckte er kurz zusammen.

»Der Tyrann von Samos hat Glück. Er hat zu viel Glück! Was er anpackt, gelingt ihm. Das birgt eine große Gefahr in sich.« Amasis sprach mehr zu sich selbst als zu dem Schreiber. Der junge Mann konnte vor Verwirrung nicht antworten. Amasis hatte auch gar nicht mit einer Antwort gerechnet.

Im Garten war es nun dunkel geworden und der Schreiber konnte das Profil seines Herrn im Mondlicht kaum mehr richtig erkennen. Doch es kam ihm unnatürlich blass und bizarr vor. Ein kalter Windstoß ließ die Öllampe aufflackern und plötzlich bedeckte herangewehter scharfer Wüstensand den Tisch. Der Pharao stand auf und klopfte sich die Kleider aus.

»Morgen diktiere ich dir einen Brief«, sagte er. »Ich erwarte dich gleich nach dem Frühstück.«

Nachdem der Pharao in seinem Palast verschwunden war, saß der Schreiber noch eine Weile am Ufer des Teiches. Über ihm prunkte der wolkenlose Himmel mit seinen unzähligen Sternen und einem bleichen, fast vollen Mond. In der Ferne zeichneten die Pyramiden dunkle Dreiecke in den funkelnden Sternenhimmel. Er lauschte kurz dem kalten Wind. Im Stillen bat er den Gott Thot um Hilfe, denn er wusste, dass morgen eine schwere Aufgabe auf ihn wartete. Und Thot, der Gott des Mondes, war auch der Gott der Weisheit und der Schreibkunst.

Im großen Empfangssaal des Palastes stand der junge Schreiber aus Kemi vor dem Thron des Tyrannen Polykrates. Pharao Amasis hatte ihm einen Brief an seinen Freund diktiert und ihn beauftragt, diesen Brief persönlich nach Samos zu bringen und ihn dort dem Tyrannen zu übersetzen. Der Schreiber fühlte sich durch diesen wichtigen Auftrag geehrt. Dennoch hatte er die Seereise mit gemischten Gefühlen angetreten, denn er war ein Mann aus Kemi und fühlte sich auf offener See nicht wohl in seiner Haut. Von Naukratis nach Samos – das bedeutete eine lange Zeit auf hoher See. Man hatte ihm versichert, dass die Samainas des Polykrates die schnellsten und sichersten Schiffe auf dem Großen Grünen Meer seien, aber das konnte ihn nicht vor einer schweren Seekrankheit bewahren.

Gleich nachdem das Schiff in den Kriegshafen eingelaufen war und am langen Hafendamm angelegt hatte, war er zum Palast gegangen und hatte um Audienz gebeten.

Polykrates ließ den Abgesandten seines Bundesgenossen nicht lange warten. Ein Haussklave führte den Schreiber durch lange Gänge und über Innenhöfe. Wer es gewohnt ist, in der Umgebung des Pharaos der Zwei Länder zu leben, ist nicht so schnell durch Pracht und Luxus zu beeindrucken. Doch der Schreiber musste verwundert feststellen, dass der Palast auf der Akropolis dieser kleinen Insel sich mit dem seines Pharaos durchaus messen konnte. Als er den großen Saal betrat, fielen ihm sofort die großartigen Fresken und goldenen Vasen, Becher und Teller auf.

Polykrates saß auf einem mit Blattgold verzierten Thron, der auf einem Marmorpodest stand und im hereinfallenden Sonnenlicht funkelte. Hinter dem Thron stand ein Sklave und wedelte dem Tyrannen mit einem großen Fächer aus Pfauenfedern Kühlung zu.

Der Schreiber machte eine tiefe Verbeugung. Eine gebieterische, schwere Stimme sagte: »Steh auf, Botschafter meines Freundes. Sag mir, welche Nachricht du mir zu bringen hast.«

Als der Schreiber sich aufrichtete, fiel ihm der schwere goldene Ring mit dem großen Smaragd am Ringfinger der linken Hand des Tyrannen auf. Erst als er wieder ganz gerade stand, konnte er das Gesicht des Mannes auf dem Thron sehen. Der Tyrann sah anders aus, als er ihn sich vorgestellt hatte. Er war keine beeindruckende Erscheinung. Selbst im Sitzen fiel auf, dass er klein und untersetzt war. Aber das markante Kinn und die breiten Schultern ließen auf Unbeugsamkeit und große Körperkraft schließen. Er hatte dunkle, stechende und eng zusammenstehende Augen, eine hohe Stirn und dunkle, kurzgeschnittene Haare. Alles in allem war sein Erscheinungsbild nicht königlich, eher kriegerisch, sogar gewalttätig.

Der Schreiber dachte an die beiden Wachen, die unbeweglich in den Ecken des Saales standen. Unsicher schaute er sich um. In den Händen hielt er die Papyrusrolle, dicht beschrieben mit Hieroglyphen, mit denen er die Botschaft seines Pharaos festgehalten hatte. Untertänig legte der Schreiber dem Tyrannen die Rolle in die Hände und trat einen Schritt zurück.

»Pharao Amasis – Amon schenke ihm Leben, Gesundheit und Kraft – lässt mich dir, Herrscher von Samos, diesen Brief überbringen. Die Botschaft ist geschrieben in der Sprache der Zwei Länder. Ich habe den Auftrag, dir, Herrscher von Samos, den Inhalt zu übersetzen.«

Polykrates brach das Siegel und entrollte den Papyrus. Einen Moment lang ließ er den Blick über die wunderschönen Hieroglyphen gleiten, die er zwar nicht entziffern konnte, deren Schönheit ihn aber beeindruckte.

»Bringt einen Stuhl für den Kurier aus Kemi«, befahl er.

Sofort eilte einer der Diener herbei und stellte einen Stuhl vor den Thron, und zwar genau ins einfallende Sonnenlicht. Als der Schreiber aus Kemi aufschaute, konnte er gegen das Licht das Gesicht des Tyrannen von Samos kaum erkennen und zugleich war ihm unangenehm bewusst, dass er selbst im grellen Licht saß. Das machte ihn nervös. Die ungewohnte Umgebung und die Aufgabe, nun ohne zu stottern oder sich zu versprechen den Hieroglyphentext übersetzen zu müssen, machten ihn unsicher. Als der Tyrann ihm die Papyrusrolle reichte und er sie entrollte, konnte er nur mit großer Mühe ein Zittern seiner Hände unterdrücken. Übersetzend begann er zu lesen:

»Amasis spricht zu Polykrates wie folgt: Ich habe die Nachricht empfangen, dass es Dir, mein Freund und Bundesgenosse, gelungen ist, das lebenspendende Wasser aus den Bergen Deines Landes durch einen Tunnel in Deine Hauptstadt zu leiten. Der Ruhm dieser außerordentlichen Leistung wird bis in alle Tage verbunden bleiben mit Deinem Namen und Deine Untertanen werden Dich mit noch größerer Verehrung und Bewunderung preisen. Es ist mir eine große Freude, dass es Dir, mein Gastgeber und Freund, so wohl ergeht. Ich hoffe, eines Tages gemeinsam mit Dir dieses neue Wunder der Technik sehen zu dürfen.«

Bis hierher hatte der Schreiber beim Übersetzen nicht einmal gestockt. Er hob für einen kurzen Moment den Kopf, aber die Sonnenstrahlen blendeten ihn. Er schluckte, und bevor er weiterlas, rutschte er in eine bequemere Position. Wie würde der Tyrann den nächsten Absatz aufnehmen? Würde er wütend werden? Würde er womöglich seinen Ärger am Überbringer der Botschaft auslassen? Der Schreiber kannte die wechselnden Launen der Mächtigen. Nicht selten hatte der Überbringer unangenehmer Nachrichten unter dem Zorn des Empfängers zu leiden.

»Dennoch muss ich Dir mitteilen, mein Freund, dass Dein außergewöhnliches Glück auf allen Gebieten mich mit Sorge erfüllt. Ich bin gewiss, dass die Götter eifersüchtig sind. Für mich selbst wie auch für meine Freunde dünkt es mir besser zu sein, abwechselnd Glück und Unglück kennen zu lernen und nicht stets nur Glück.«

Polykrates räusperte sich, als wollte er etwas sagen. Der Schreiber verharrte in ängstlicher Spannung, aber als kein Einwand kam, las er weiter:

»Mein Freund und Gastgeber, nie habe ich einen Menschen kennen gelernt oder von jemandem gehört, der bis an sein Lebensende allein das Glück erfuhr. Hör mir zu und tue, was ich sage, damit Du gewappnet bist gegen den Neid der Götter. Denke darüber nach, was Dir von allen irdischen Gütern das liebste ist, was zu verlieren Du am meisten beklagen würdest. Verabschiede Dich davon. Wirf es fort, und zwar so, dass es niemals wieder von Menschenhand berührt werden kann. Sind Glück und Unglück nicht in stetem Wechsel, greife selbst ein und lenke das Schicksal auf die Weise, die ich Dir empfehle. Sei gegrüßt, Freund und Gastgeber. Mögen die Götter sich nicht neidisch von Dir wenden. – Amasis, Pharao der Zwei Länder.«

Der Schreiber schwieg. Noch konnte er nicht einschätzen, wie die Botschaft aufgenommen wurde. Noch fürchtete er, jeden Moment den Befehl zu hören, ihn gefangen zu nehmen, wegzuschleppen, ja vielleicht gar zu töten.

Das Schweigen dauerte lange, für den Schreiber eine ganze Ewigkeit. Plötzlich stand der Tyrann auf. Mit schweren Schritten kam er die drei Marmorstufen herunter, bis er dicht vor dem Schreiber stand. Der Tyrann von Samos ist klein, ging es dem jungen Mann durch den Kopf, aber er hat einen Körper wie ein Granitblock. Ihm war, als könne er die Ausstrahlung der Kraft auf drei Fuß Abstand spüren. Um sich nichts anmerken zu lassen, begann er, das Schreiben wieder zusammenzurollen. Polykrates streckte eine Hand aus und nahm es ihm ab.

»Bring den Kurier in den Gästetrakt«, sagte er zu einem Sklaven. »Gib ihm zu essen und zu trinken.«

Ohne den Schreiber eines weiteren Blickes zu würdigen verließ er festen Schrittes den Empfangssaal. Von der überstandenen Spannung fast schwindelig folgte der Schreiber dem Haussklaven.

Ein paar Tage verstrichen. Der Kurier war noch nicht nach Kemi zurückgekehrt. Den Wenigen, die den Inhalt des Schreibens kannten, fiel im Benehmen des Tyrannen Polykrates kaum eine Veränderung auf. Nur kurze Zeit wurde im Palast über den seltsamen Brief geflüstert und schon bald war er vergessen. Doch ein Mensch bemerkte, dass sich Polykrates mit einem Problem herumquälte und dass er mit seinen Gedanken nicht richtig bei den Tagesgeschäften war. Auf manche Fragen reagierte er kaum. Er schien abwesend, verlor schnell die Geduld und fuhr die Bediensteten an. Beim Essen ließ er den Teller halbvoll stehen und trank mehr als sonst.

Phileia, die Tochter des Polykrates, bemerkte die Veränderung an ihrem geliebten Vater. Eines Abends, als sie ihn alleine in seinem Arbeitszimmer mit der Papyrusrolle in der Hand antraf, fragte sie, was ihn bedrücke, ob er sich nicht wohl fühle. Sie sah einen Zusammenhang zwischen seiner Schweigsamkeit und dem Besuch des Kuriers aus Kemi, und als er ihr eine ausweichende Antwort gab, beschloss sie, ohne Umschweife zu sagen, was sie dachte:

»Vater, welche schlechte Nachricht hat der Kurier des Pharaos dir gebracht? Warum bist du in den letzten Tagen so trübsinnig? Der Bau des Tunnels ist von Erfolg gekrönt, sollte das nicht Anlass zur Freude sein?«

Sie streckte die Hand aus, nahm die Papyrusrolle und breitete sie auf dem Tisch aus. Er ließ es zu. Ihr Blick glitt über die ihr unverständlichen Zeichen. Auch sie war beeindruckt von der schönen Schrift, den feinen Strichen – ein wahres Kunstwerk auf Papyrus. Mit den Fingerspitzen strich sie über das königliche Schreiben, die Königskartusche des Pharaos. Was stand in diesem Brief, der ihren Vater so sehr aus dem Gleichgewicht gebracht hatte?

Der Tyrann war es nicht gewohnt, seine Probleme mit irgendjemandem zu besprechen. Nur seine Tochter konnte ihn manchmal durch ihre Offenherzigkeit zu seltener Vertraulichkeit bewegen. Er stand auf und ging zum Fenster, das Ausblick aufs Meer bot. Die Sonne war gerade erst als roter Ball hinter dem Horizont verschwunden. Die Abenddämmerung verwischte alle Konturen. Da der Wind sich gelegt hatte, glänzte das Wasser im sanften Mondlicht wie geschmolzenes Silber. Phileia sah ihren Vater als dunkle Silhouette in der Fensteröffnung. Wie ein Granitblock, dachte auch sie. So stark wie ein Granitblock. Was bringt ihn aus dem Gleichgewicht? Er ist der mächtigste Mann weit und breit. Wer oder was konnte eine Bedrohung für ihn sein? Sie zuckte zusammen, als er, immer noch von ihr abgewandt, zu sprechen begann.

»Die Mauer«, sagte er, »der Hafen, die Samainas, der Tunnel, der Bau des Hera-Heiligtums, alles mein Werk. Alles von mir geplant und von meinen Untertanen ausgeführt.«

»Die Götter sind dir wohlgesonnen«, war ihr einziger Kommentar.

Ruckartig wandte er sich vom Fenster ab. Obwohl sie sein Gesicht im nun schon dunklen Raum nicht sehen konnte, fühlte sie seine Augen auf sich gerichtet.

»Die Götter sind eifersüchtig.«

Das sagte er, als sei es eine unumstößliche Tatsache. Phileia erschrak. Bevor sie fragen konnte, was er damit meinte, hatte er es ihr schon erklärt.

»Amasis schreibt mir, die Götter seien neidisch auf so viel Erfolg und Glück. Kein Mensch könne bis zu seinem Tode allein Glück und Erfolg haben. Es sei dem Menschen nicht gegeben, ungetrübt und immerzu Glück zu haben. Das sei nur das Vorrecht der Götter. Amasis warnt mich, die Götter könnten sich in Neid gegen mich wenden.«

Phileia erschauderte. An die Möglichkeit hatte sie noch nie gedacht. Ihr Vater fürchtete sich vor niemandem, allen Fürsten und Herrschern weit und breit war er überlegen. Aber wer kann sich mit den Göttern messen?

»Bringe ein Opfer«, war die einzige Antwort, die ihr einfiel. »Bringe ein außergewöhnliches Opfer, mehr kann ein Mensch nicht tun.«

»Ja«, antwortete er nachdenklich. »Ein ganz außergewöhnliches Opfer ... Mehr kann ein Mensch nicht tun.«

DER SOHN DES MNESARCHOS

Am frühen Morgen des nächsten Tages bat Mnesarchos, der Baumeister des Apollontempels, im Palast um eine Audienz.

Mnesarchos war ein wohlhabender Mann. Er gehörte zu den vornehmsten Familien der Insel. Er hatte viele Reisen unternommen, in allen benachbarten Ländern Wissen erworben und er gehörte zu dem kleinen Kreis von Aristokraten, die vom Tyrannen mit gemischten Gefühlen geduldet wurden. Zwar brauchte der Herrscher seine Gelehrten, doch er fürchtete ihre Intelligenz. Hinzu kam, dass Mnesarchos Ehrenbürger von Samos war, weil er die Insel aus einer Hungersnot gerettet hatte, indem er von seiner Heimatinsel Lemnos große Getreidemengen herbeigeschafft hatte.

Den Lohn für den Bau des Apollontempels hatte Mnesarchos noch nicht bekommen. Der Mann war reich, auf Geld war er nicht angewiesen. Darum hatte der Tyrann ihn gebeten, einen besonderen Wunsch zu äußern, den er ihm, sofern ihm das möglich wäre, als Belohnung erfüllen würde. Nun war der Moment gekommen, da Mnesarchos seinen Wunsch äußern wollte. Im großen Empfangssaal standen sich die beiden Männer steif gegenüber. Mnesarchos hatte sich überwinden müssen, den Tyrannen um dieses Gespräch zu bitten. Er war es nicht gewohnt, um Gunstbeweise zu bitten oder sie zu akzeptieren.

»Nimm Platz«, sagte Polykrates.

Mit einer Handbewegung schickte er seinen Sklaven fort, denn es war noch recht kühl und manchmal irritierte ihn das Wedeln mit dem Pfauenfederfächer.

»Was führt dich zu mir?«

Mnesarchos gab sein Zögern auf. »Ich bin gekommen, Herr, um dir meinen Wunsch zur Kenntnis zu bringen.«

»Ich hoffe in der Lage zu sein, diesen Wunsch erfüllen zu können.«

»Du weißt, Herr, dass ich einen Sohn habe, der sehr begabt ist.«

Der Tyrann nickte. Es gehörte zu seiner Strategie, über das Tun und Lassen der Aristokraten seiner Umgebung stets auf dem Laufenden zu sein und selbstverständlich auch über ihre familiären Verhältnisse und ihren Freundeskreis.

»Pythagoras«, sagte er, »der Sohn, mit dem du einige Reisen nach Phoenicia gemacht hast. Ich habe gehört, er hat Unterricht bei Hermodamas gehabt und war eine Zeit lang auf Mytilene, um dort sein Wissen zu vermehren.«

Mnesarchos nickte. Er wusste nur zu gut, dass der Tyrann ihn auf Schritt und Tritt beobachten ließ.

»Auf Mytilene lebt einer meiner Brüder. Als Hermodamas meinte, es sei an der Zeit, einen Lehrer außerhalb von Samos zu suchen, denn er selber habe den Jungen schon alles gelehrt, was er wisse, beschlossen wir, Pythagoras für einige Zeit zu meinem Bruder zu schicken, damit er dort Schüler des weisen Pherekydes werden könnte. Das ist geschehen.«

»Ja, ja«, fiel Polykrates ihm ins Wort. »Und danach ist er nach Milet gegangen. Hat er dort nicht bei Thales und Anaximander studiert?«

Das war keine Frage, das war die Feststellung einer Tatsache. Polykrates wollte deutlich machen, dass ihm nichts entging und dass er stets über das Tun und Lassen seiner Untertanen Bescheid wusste. Er wusste auch ganz genau, dass der junge Pythagoras seinerzeit zusammen mit seinem hiesigen Lehrmeister Hermodamas nachts in aller Stille nach Mytilene abgereist war, weil er befürchtete, Polykrates könnte von seinem Fortgehen erfahren und es ihm verbieten.

Seither waren vier Jahre vergangen und Mnesarchos hatte gehofft, mit der Zeit hätte der Tyrann sein Interesse an Pythagoras verloren. Doch vergebens! Der Tyrann war offenbar über jeden

Schritt, jeden Kontakt seiner Untertanen im Ausland unterrichtet. War da in den dunklen, stechenden Augen des Tyrannen, die nun fest auf Mnesarchos gerichtet waren, auch ein Anflug von Spott zu lesen? Es kostete Mnesarchos Mühe, sich seine Verärgerung nicht anmerken zu lassen.

»Hermodamas hat ihn vor allem in der Musik unterrichtet«, sagte er zurückhaltend. »Pherekydes in Glaubensfragen, Thales in der Astronomie, Anaximander in der Geographie und den Naturwissenschaften.«

Er wusste, dass er dem Tyrannen nichts Neues erzählte.

»Mein Sohn ist außerordentlich begabt.« Unüberhörbar lag Stolz in der Stimme des Baumeisters. »Alle Gelehrten, die ihn unterrichteten, haben sich anerkennend geäußert. Alle sind der Meinung, er müsse sein Wissen erweitern und dafür müsse er auf die Priesterschulen von Kemi.«

Eine Stille trat ein, die nur vom lästigen Summen einer fetten Fliege gestört wurde.

»Und?«

»Um in Kemi die geheime Wissenschaft der Priester zu studieren, muss man erst zum Priester geweiht werden. Mein Sohn hat seine Weihen schon in den Heiligtümern von Byblus und Tyrus empfangen. Das ist eine sehr gute Vorbereitung auf die Schule in Kemi. Aber es ist ja bekannt, dass es für einen gewöhnlichen Menschen unmöglich ist, in die Priesterkaste von Kemi aufgenommen zu werden. Ich bitte dich deshalb, Herr, meinem Sohn ein Empfehlungsschreiben an den Pharao mitzugeben, so dass er in Mnofer, Heliopolis oder Tabai auf die Priesterschule gehen kann. Das Wissen, das er dort erwerben kann, wird unserer Insel zugute kommen. Es wäre frevelhaft, die Begabung meines Sohnes für Samos verloren gehen zu lassen.«

»Wie alt ist dein Sohn jetzt?«

»Pythagoras ist zweiundzwanzig Jahre alt.« Und ein wenig widerstrebend fügte Mnesarchos hinzu: »Er wird Samos und dir nur Ehre machen.«

Für einen Moment war der Tyrann im Zwiespalt. Er hatte seinem

Baumeister die Erfüllung eines Wunsches versprochen und das war in diesem Fall ohne großen Aufwand möglich. Schließlich siegte seine Eitelkeit über seinen angeborenen Argwohn gegen Menschen, die intelligenter waren als er selbst. Es konnte tatsächlich vorteilhaft sein, einen Gelehrten zur Verfügung zu haben, der die Priesterschulen von Kemi besucht hatte. In Kemi waren Wissenschaft und Religion untrennbar miteinander verbunden. Und noch nie war es einem Ionier gelungen, in die Priesterkaste der Zwei Länder aufgenommen zu werden.

Wieder entstand eine Stille. Die fette Fliege war auf dem Tisch zwischen den beiden Männern gelandet und krabbelte auf den Tyrannen zu. Mit einem Schlag seiner rechten Hand zerquetschte er das Insekt und wischte die Reste vom Tisch. Es war, als hätte er damit einen Entschluss gefasst.

»In den nächsten Tagen geht ein Kurier mit einer Nachricht für den Pharao nach Kemi. Ich werde ihm eine Empfehlung für deinen Sohn mitgeben. Pythagoras kann mit ihm reisen.«

Diese Zusage kam so unerwartet, dass Mnesarchos ein paar Sekunden brauchte, sie zu verarbeiten. Polykrates stand auf. Das war das Zeichen dafür, dass er das Gespräch für beendet erklärte.

»Ich danke dir«, sagte Mnesarchos mit einer kurzen Verbeugung. »Wenn der Kurier aufbricht, wird mein Sohn bereit sein.«

Mit gemischten Gefühlen schaute Polykrates seinem Baumeister nach, der erleichtert den Empfangssaal verließ. Er seufzte tief. Obwohl das Empfehlungsschreiben für Pythagoras mit seinem eigenen Problem nichts zu tun hatte, hatte er mit der Ankündigung, dass schon bald ein Sonderkurier nach Kemi aufbrechen würde, einen Beschluss gefasst. In Gedanken versunken drehte er den goldenen Ring an seinem linken Ringfinger. Dann rief er seinen Haussklaven.

»Sag dem Schreiber, dass ich ihn nach dem Mittagessen in meinem Arbeitszimmer erwarte.«

Pharao Amasis saß an seiner Lieblingsstelle am Lotosteich. Der Schreiber, der gerade erst von seiner Mission heimgekehrt war, hatte kurz mündlich Bericht erstattet und dem Pharao die kleine Kiste aus Zedernholz mit dem Geschenk des Tyrannen überreicht. Amasis erbrach das Siegel. Er nahm den in ein weiches Wolltuch gewickelten Gegenstand heraus, entfernte die Verpackung und hielt dann ein wunderschönes goldenes Schiff in der Hand, das im rötlichen Licht der untergehenden Sonne Funken zu sprühen schien. Das Schiff war mehr als einen Fuß lang und ungefähr ebenso hoch. Bis in die kleinsten Details war es den berühmten Samainas nachempfunden. Die zwanzig Riemen, das Ruder, die sich im Wind blähenden Segel, die Takelage, sogar der Rammbug in der Form eines Wildschweinkopfes, alles war in massivem Gold naturgetreu nachgebaut.

Vorsichtig stellte Pharao Amasis das Kunstwerk auf den Elfenbeintisch und betrachtete es mit unverhohlener Bewunderung. Er wusste ganz genau, was Polykrates mit diesem Geschenk ausdrücken wollte. Mit Goldschmuck konnte er seinem Freund in Kemi nicht imponieren, denn die Goldschmiede des Pharaos stellten Kunstwerke her, die für jeden anderen unerreichbar waren. Aber eine getreue Nachbildung des Schiffes, mit dem Samos die Meere beherrschte, war das Zeichen einer Macht.

Als echter Sohn Kemis war der Pharao nicht mit dem Meer vertraut. Und auch seine Untertanen achteten, wenn sie auf Handelsreisen waren, stets darauf, nah an der Küste zu bleiben, so dass sie nachts oder bei schlechtem Wetter an Land gehen konnten. Kein Mann Kemis fühlte sich auf hoher See sicher. Die See war die Domäne seines Bundesgenossen, des Tyrannen von Samos. Amasis wusste, dass das Geschenk nicht nur ein Ergebenheitsbeweis an ihn, den Pharao der Zwei Länder war, sondern auch eine unverkennbare Demonstration der Macht des Gebenden. Eine ganze Weile betrachtete der Pharao schweigend das wunderschöne Schiff. Dann wandte er sich an den Schreiber.

»Lies mir die Botschaft aus Samos vor.«

In der abendlichen Stille war das Flattern der Vögel zu hören, die in den Büschen am Teich ihre Nester aufsuchten. In der Ferne erklang der klare Ton eines Saiteninstruments. Der Schreiber fühlte sich deutlich wohler als auf Samos. Ohne zu zögern begann er den Brief vorzulesen.

»Polykrates spricht zu Amasis wie folgt: Ich bin erfreut zu hören, dass es Dir, mein Freund und Bundesgenosse, in jeder Hinsicht wohl ergeht. Möge Dir die Gunst der Götter gewogen bleiben. Ich danke Dir für die Glückwünsche zum Gelingen des Tunnelbaus, der meine Hauptstadt mit Wasser versorgt. Vom Neid der Götter habe ich bisher nichts zu spüren bekommen. Im Gegenteil! Dennoch sind Deine weisen Worte, mein Freund, nicht auf taube Ohren gestoßen. Ich habe lange darüber nachgedacht und bin mit Dir zu der Erkenntnis gekommen, dass ein Mensch sorgsam mit der Gunst der Götter umgehen muss. Selbstverständlich sind bei der Vollendung des Tunnelbaus die üblichen Opfer erbracht worden. Doch die üblichen Opfer reichen in diesem besonderen Fall möglicherweise nicht aus. Dein Rat, ein sehr persönliches Opfer zu bringen, scheint mir angebracht zu sein. Ich weiß auch, welches Opfer es sein wird, welcher Gegenstand mir am liebsten ist. Und so werde ich bei den nächsten Heraia-Feiern zum Gedenken an die Hochzeit von Hera und Zeus Verzicht leisten auf diesen meinen liebsten Besitz, und zwar auf eine Art und Weise, dass niemals mehr eine Menschenhand mein Opfer berühren kann.

Auf dem Schiff, das Deinen Kurier zurück nach Kemi bringt, ist auch ein Mann aus Samos, den ich Deiner persönlichen Obhut anbefehlen möchte. Pythagoras, der Sohn einer meiner besten Baumeister, war Schüler der Gelehrten Hermodamas, Pherekydes, Thales und Anaximander. Alle diese Gelehrten sind der Meinung, dieser Pythagoras sei auf vielen Gebieten außerordentlich begabt und könne sein Wissen nur noch auf den Priesterschulen von Mnofer, Heliopolis oder Tabai vergrößern. Pythagoras ist zweiundzwanzig Jahre alt und bereits in Phoenicia zum Priester geweiht worden. Ich weiß, mein Freund, dass noch nie ein Ionier zu einer dieser Schulen zugelassen worden ist, aber ich hoffe und vertraue darauf, dass eine Empfehlung von Dir ihm die Türen öffnen wird.

Sei meiner Hochachtung und bleibenden Freundschaft versichert. – Polykrates, Tyrann von Samos.«

Als der Kurier schwieg, gab Amasis ihm mit einer Handbewegung zu verstehen, dass er gehen könne. Als die Schritte des jungen Mannes verklungen waren, war in dem stillen Garten nur noch das Rauschen des Schilfs im Wind zu hören. Amasis lehnte sich in seinem Sessel zurück und dachte nach. Obwohl es ihn freute, überraschte es ihn doch, dass der Tyrann seinem Rat folgen wollte. Es gab ihm allerdings das wohlige Gefühl, einen Einfluss auf Polykrates zu haben. Aber die Bitte an ihn, die Polykrates in dem Brief aussprach, zeigte, dass der Tyrann von Samos die Macht des Pharaos überschätzte, denn es war sehr fraglich, ob er die Zulassung eines Ioniers zur Priesterschule von Kemi bewirken könnte.

Priesterschaft und Wissenschaft waren in Kemi untrennbar. Die Priester waren die Geschichtskundigen, die Rechtsgelehrten, die Ärzte, die Philosophen, die Naturforscher, die Astronomen und Architekten. Und die Priester von Kemi bestanden zudem darauf, dass ihr Amt eine erbliche Domäne sei. Der Pharao durfte zwar für die Außenwelt der mächtigste Mann des Reiches sein, aber den Unwillen der Priesterkaste zu erregen, wagte er nicht. Selbstverständlich hatte Amasis nicht die Absicht, diese Grenzen seiner Macht Polykrates merken zu lassen. Er würde tun, was ihm möglich war, den jungen Gelehrten aus Samos in einer der drei Schulen unterzubringen. Wo hätte er die größte Chance? In Mnofer, Heliopolis oder Tabai? Wo war der Unterschied? Pythagoras könnte auch als persönlicher Gast des Pharaos in Kemi leben und wie ein gewöhnlicher Bürger sein Wissen vergrößern. Aber dem Pharao war klar, dass ein Mann dieses Formats damit nicht zufrieden sein würde. Er wollte eingeweiht werden in die Geheimnisse der Wissenschaft der Priester. Und als Voraussetzung dafür müsste er, neben seiner phoenicischen, erst eine Priesterweihe in Kemi bekommen. Und damit stand dieser Pythagoras vor großen Schwierigkeiten. Amasis seufzte. Genaugenommen saß er zwischen zwei Feuern, aber er hatte nicht vor, sein Gesicht zu verlieren.

Im Heraion war das große Fest zum Gedenken an die Hochzeit von Hera und Zeus in vollem Gange. Über die Heilige Straße, die von der

Stadt zur heiligen Stätte führte, zogen Prozessionen singender und tanzender Festbesucher. Nach dem großen Tempelbrand war alles getan worden, um den Schaden so schnell und so gut wie möglich zu beheben. Polykrates hatte den Baumeister Theodoros, den Sohn des großen Rhoikos und Erbauer des vorigen steinernen Tempels, beauftragt, weder Kosten noch Mühen zu scheuen und das Heiligtum in noch größerer Pracht wiedererstehen zu lassen, aber vollendet war das Bauwerk nun noch nicht.

Auf beiden Seiten des Tempels ragten zwei Reihen von Marmorsäulen empor. Die Mauern waren aus Feuersteinblöcken, die wichtigsten Teile aus weißem Marmor. Das Tempelschiff bestand aus zwei Teilen, der Vorhalle und dem Heiligtum mit dem vom Bildhauer Smilis geschaffenen Kupferstandbild der Göttin. Außerdem gab es im Tempel noch zwei weitere Statuen der Göttin. Eine zeigte sie auf ihrem Thron sitzend, zu ihren Füßen ihre Symbole: ein Weidenzweig und zwei Pfauen. Die andere war eine aus Marmor gehauene, aufrecht stehende Hera mit einem langen Schleier, der von einem goldenen Diadem zusammengehalten wurde. Um den Tempel herum standen Statuen, die den verschiedenen Gottheiten geweiht waren und von denen vor allem das Standbild der Aphrodite durch besondere Schönheit auffiel.

Alle Festbesucher brachten ihre Opfer in die dafür bestimmten Schatzhäuser. Am Strand lag ein Schiff aus Alaschja mit Terrakottafiguren für die Göttin. Und ein Schiff aus Kemi hatte Opfergaben des Pharaos Amasis zum Heiligtum gebracht. Als alle ihre Opfergaben dargebracht hatten, versammelten sich die Menschen am Ufer des Imbrasos, wo an langen Spießen das Fleisch der Opfertiere gebraten wurde, nachdem zuvor die wichtigsten Teile auf dem Altar für die Göttin verbrannt worden waren. Junge Tempeldiener schenkten aus Amphoren Wein ein, Frauen trugen Honigkuchen auf.

Gegen Mittag erschien an der Spitze einer Reiterabteilung der Tyrann. Wie sein Gefolge war auch er weiß gekleidet. Die geputzten Geschirre der in den Sümpfen am Imbrasos gezüchteten Rassepferde glänzten in der Sonne. Polykrates legte seine Opfergaben am Sockel der Bronzestatue nieder und trat dann nach draußen ins grelle Sonnenlicht. Die Menge, die eine Ansprache erwartete, strömte unter dem hohen Lygosbaum zusammen, aber ohne auf seine Untertanen zu achten und ohne vom Fleisch an den Bratspießen zu essen, schritt der Tyrann die Treppe vom Tempel hinunter und ging geradewegs zum Handelshafen. Dort lag eine bemannte Samaina bereit. Polykrates ging mit seinem Gefolge an Bord und ließ zur Verwunderung der feiernden Menschen ablegen. Niemand wusste, was der Tyrann vorhatte. Auch die Besatzung der Samaina nicht. Aber man war es gewöhnt, Befehlen zu gehorchen, ohne Fragen zu stellen. Vom Strand aus schauten die Menschen eine ganze Weile dem kleiner werdenden Schiff nach. Als es in der Ferne verschwunden war, kehrten die Leute zum Tempel zurück, und schon bald hatten sie das merkwürdige Benehmen des Polykrates vergessen.

Auf hoher See wurden die Riemen eingezogen, das Segel blähte sich im Wind. Der Steuermann fragte, welchen Kurs er nehmen solle. Der Tyrann befahl ihm, um die Landzunge herum in nördliche Richtung zu fahren, auf Chios zu. Zwischen Samos und Chios war das Ägäische Meer tief und heimtückisch. Kein Seemann wagte sich ohne triftigen Grund hierher. Was hatte der Tyrann vor?

Fragendes Geflüster, doch niemand wusste eine Antwort. Polykrates saß auf dem Vorderdeck. Es sah nicht so aus, als wäre diese Fahrt eine Vergnügungsfahrt für ihn. Noch immer war die Besatzung von seinem seltsamen Benehmen irritiert. Die Zeit verstrich, doch nichts geschah. Der Wind frischte auf. Niemand sprach. Die Sonne senkte sich schon dem Horizont entgegen, als Polykrates sich unerwartet erhob. Die kurzen Wellen ließen das Schiff stark schaukeln, das weiße Gewand des Tyrannen flatterte wie ein Schleier im Wind. Polykrates gebot seinem Gefolge aufzustehen und winkte es zu sich heran. Zur allgemeinen Verwunderung zog er plötzlich den schweren, mit einem Smaragd besetzten Goldring vom linken Ringfinger und warf ihn in hohem Bogen ins Meer. Die Gebärde hatte etwas Drohendes, das dadurch noch verstärkt wurde, dass allen bewusst war, welche besondere Bedeutung dieser soeben weggeworfene Ring für Polykrates hatte. Niemand wagte es, auch nur ein Wort zu sagen. Einen Moment schaute Polykrates starr vor sich hin, dann drehte er sich zu seinen Männern um.

»Der Ring, den Theodorus in meinem Auftrag für mich gemacht hat, war mein liebster Besitz«, sagte er. »Dieses Opfer musste ich bringen, nicht nur für Hera und Zeus, sondern für alle Götter, die mir so wohlgesonnen gewesen sind, dass ich aus Samos die größte Seemacht des Ägäischen Meeres und die wichtigste Handelsmacht zwischen dem Propontis und den Zwei Ländern habe machen können. Ich bringe dieses Opfer allen Göttern, die mir beistanden. Ich habe den Ring hier, wo das Meer, das unsere Insel umgibt, am tiefsten ist, in die Fluten geworfen, damit dieses Opfer niemals wieder von einer Menschenhand berührt werden kann.«

Keiner wusste, wie er sich verhalten sollte, doch Polykrates schien nun, nachdem er den Entschluss, der ihn viel Überwindung gekostet hatte, in die Tat umgesetzt hatte, wie von einer Last befreit zu sein. Sein ernstes Gesicht bekam wieder einen anderen Ausdruck. Mit wenigen Worten gab er dem Steuermann den Auftrag, das Schiff zu wenden.

»Mögen die Götter mein Opfer annehmen«, sagte er, bevor er wieder seinen Platz einnahm, der ihm einigermaßen Schutz vor dem Wind bot. Und seine Männer wiederholten: »Mögen die Götter das Opfer annehmen.«

Auf dem ganzen Rückweg zum Hafen beim Heraion wurde kein Wort über das Ereignis gesprochen.

Pharao Amasis gab eine Audienz. Er saß in seinem kunstvoll gearbeiteten, mit Blattgold verzierten Sessel und schaute hinab auf den jungen Mann aus Samos, der ihm von seinem Freund und Bundesgenossen Polykrates so warm empfohlen worden war. Der Schreiber, der neben dem Sessel des Pharaos stand, dolmetschte.

Pythagoras, der selbst aus einer reichen Familie stammte, war mit Macht und Reichtum nicht so schnell zu beeindrucken. Aber als Liebhaber schöner Künste bewunderte er die außergewöhnlichen Schmuckstücke, die der Herrscher der Zwei Länder trug, so die breite, goldene Halskrause, die mit Karneol, Türkis und grüner Fayence besetzt war, die schweren, breiten Goldarmbänder an beiden Armen, den Ring mit dem Amethyst in Form eines Skarabäus. Langsam glitt der Blick des jungen Pythagoras von den Füßen in den mit Emaille besetzten Sandalen aus durchbrochenem Gold höher, bis er auf dem ernsten, unbeweglichen Gesicht des Herrschers unter der doppelten Krone der Zwei Länder, der roten für Tameh, der hohen weißen für Tares, hängen blieb. Die Stirn schmückte das breite Goldband mit dem Kobrakopf. Es war sicher eine schwere Last, diese Insignien königlicher Würde so lange tragen zu müssen, erst recht bei der Hitze dieses Tages.

Amasis' dunkles, zeremoniell braun bemaltes Gesicht mit den grün gefärbten Augenlidern und den nachgezogenen Augenbrauen sah aus wie eine Maske, aber darin lebten Augen, die den jungen Mann aus Samos neugierig von Kopf bis Fuß musterten. Als er zu sprechen begann, war die Stimme ziemlich hoch und nicht unfreundlich.

»Polykrates, mein Freund und Bundesgenosse, bittet mich, dir einen Studienplatz auf einer Priesterschule in Kemi zu beschaffen. Aus welchem Grund will ein Mann aus Samos hier studieren?«

Pythagoras antwortete mit einem einzigen Satz: »Ich möchte mein Wissen vergrößern, Herr.«

»Man sagte mir, du seist zum Priester geweiht, du habest bei allen großen Gelehrten studiert. Warum dann nun ein Studium in meinem Reich?«

Pythagoras war auf diese Frage vorbereitet. Furchtlos schaute er dem Pharao in die Augen.

»Hermodamas hat mich in der Dichtkunst und der Musik unterrichtet, Herr. Auf Mytilene hat Pherekydes mich in sein Werk über Gott und die Welt eingeweiht. Zwei Jahre lebte ich in Milet, wo Anaximander mich die Naturwissenschaften lehrte, und schließlich durfte ich auch noch den fast neunzigjährigen Thales kennen lernen. Sie alle meinten, mehr Wissen könne ich nur noch auf den Priesterschulen in Kemi erwerben. Ich habe meine Weihen in Byblus und Tyrus empfangen, ich habe die phoenicischen Mysterien kennen gelernt, und all das sehe ich nur als Vorbereitung auf das, was ich in deinem Land hoffe lernen zu können.«

Auch wenn Amasis sich geschmeichelt fühlte, wusste er doch sehr gut, dass seine Priester sich niemals einen Schüler aufdrängen ließen, der nicht aus der eigenen Priesterkaste stammte. Noch nie war es einem Außenstehenden gelungen, zu ihren Gelehrten durchzudringen, nicht einmal dem ehrwürdigen Thales, der doch viele Jahre in Kemi gelebt hatte. Der Pharao hatte hier wenig Einfluss, aber konnte er das diesem jungen Fremden gegenüber zugeben?

»Wer zu einer Priesterschule in Kemi zugelassen werden will, muss in Kemi zum Priester geweiht worden sein, nicht anderswo.«

Pythagoras wusste, dass er den Pharao in eine schwierige Situation brachte. In den Augen seines Volkes mochte er zwar ein Gott sein, aber die Priester ließen sich auf ihrem Gebiet keine Vorschriften machen. Doch Pythagoras hatte sich fest vorgenommen, sein Ziel zu erreichen. Er war sogar bereit, dafür Erniedrigungen hinzunehmen.

»Ich bin bereit, mich allen Forderungen zu unterwerfen.«

Amasis seufzte. Er spürte Verärgerung in sich aufkommen, Verärgerung aus einem Gefühl der Ohnmacht heraus. Er meinte, körperlich spüren zu können, dass der junge Gelehrte aus Samos, der einen so sanften Eindruck machte, einen unbeugsamen Willen hatte und viel hinnehmen konnte. Amasis hatte nicht die Absicht, ihn merken zu lassen, dass seine Macht nicht unbegrenzt war.

»Ich werde meinen Schreiber eine Empfehlung für den Oberpriester in Heliopolis schreiben lassen. Du kannst sie morgen bekommen. Ich wünsche dir viel Erfolg.«

»Ich danke dir, Herr«, sagte Pythagoras mit einer Verbeugung.

Auch wenn man ihm nichts dergleichen gesagt hatte, so wusste er doch, dass noch ein langer und beschwerlicher Weg vor ihm lag, bis er sein Ziel erreichen würde.

Das alte Heliopolis war im Gegensatz zu Mnofer und Tabai eine Priesterstadt. Innerhalb der Ringmauer, die die Klöster in den Ausläufern des Mokattamgebirges umschloss, gab es keine weltlichen Bewohner.

Pharao Amasis hatte Pythagoras einen jungen Dolmetscher mitgegeben, der ihm auch den Weg zeigen konnte. Als sie sich nach langem Fußmarsch der Stadt näherten, war Pythagoras angenehm überrascht, inmitten von Orangen-, Granatapfel- und Aprikosenbäumen neben einem wilden Feigenbaum einen mehr als mannshohen Monolithen aus rötlichem Granit zu sehen. Er hatte gehört, dass der Brunnen daneben bitteres Wasser enthielt und der »Sonnenbrunnen« genannt wurde. Pythagoras blieb bei der Säule stehen und betrachtete die Hieroglyphen. Er konnte die Zeichen nicht lesen, erfuhr aber von seinem Begleiter, dass diese Säule dem Sonnengott geweiht war. Hieroglyphen lesen zu lernen, das war das Erste, was Pythagoras sich vorgenommen hatte. Aber wenn er in Kemi etwas erreichen wollte, würde er nicht nur die Hieroglyphenschrift der Priester, sondern auch die demotische Volkssprache lernen und beherrschen müssen.

Guten Mutes ging er zum Tor der Priesterstadt. Hier war das Zentrum der Weisheit, der Sonnentempel, zu dem, wie ihm seine Lehrmeister erzählt hatten, alle fünfhundert Jahre aus dem Osten der Vogel Phönix kommt, um in den Flammen eines Scheiterhaufens aus duftendem Holz zu verbrennen und danach verjüngt aus der Asche emporzusteigen.

Man sagte, die Priesterschule in Heliopolis sei moderner als die in Mnofer und Tabai. Darum meinte Pythagoras, und Amasis musste wohl der gleichen Ansicht sein, dass er als Außenseiter hier die beste Chance habe, aufgenommen zu werden. Doch ausgerechnet Heliopolis bereitete ihm in Kemi die erste große Enttäuschung.

Nachdem eine Torwache sie nach dem Grund ihres Kommens gefragt hatte, begleitete ein Sklave sie durch lange Gänge und über sonnendurchflutete Innenhöfe zu einem kühlen Empfangszimmer. Sie mussten lange warten. Draußen flimmerte die Hitze. Von fern her hörten sie Musik von Saiteninstrumenten und Trommeln. Sonst war es totenstill in dem Gebäude. Nach schier endlos langer Zeit erschien der Hohepriester, ein riesenhafter, in ein Leopardenfell gehüllter Mann. Er setzte sich den beiden Ankömmlingen gegenüber in einen hohen Sessel. Das Schreiben des Amasis nahm er an und legte es auf einen Tisch. Er beugte den Kopf darüber, um es zu lesen. Sein kahl geschorener Schädel glänzte im Sonnenlicht. Der Priester hatte keine Eile beim Entziffern der Hieroglyphen. Damit gewann er Zeit, sich zu überlegen, wie er dem Pharao den Wunsch abschlagen konnte, ohne ihn damit zu beleidigen.

Für Pythagoras strahlte der Mann im Leopardenfell Unbeugsamkeit und Ablehnung aus. Er wartete. Langsam hob der Priester den Kopf. Über den kleinen Dolmetscher entspann sich ein kurzes Gespräch.

»Ich lese hier, dass du aufgenommen werden möchtest in die heilige Priesterschule des Sonnentempels. Warum?«

Und wieder antwortete Pythagoras, wie er auch dem Pharao geantwortet hatte: »Ich möchte mein Wissen vergrößern. Das kann ich nur hier.«

»Wer im Sonnentempel lebt, muss zum Priester geweiht sein. Das ist die einzige Möglichkeit, hier zugelassen zu werden.«

»Ich habe meine Weihe in Phoenicia erhalten.«

Pythagoras wusste schon jetzt, wie die Reaktion sein würde. »Phoenicische Weihen finden hier keine Anerkennung.«

Damit stand Pythagoras vor der Tatsache, dass nicht der Pharao, sondern die Priesterkaste die größte Macht in Kemi hatte. Das brachte ihn für einen Moment aus dem Gleichgewicht. Eindringliches Bitten würde hier keinen Erfolg haben. Allerdings fragte er sich, wie der Hohepriester wohl darauf reagieren würde. Trotz seiner Enttäuschung war er etwas amüsiert.

»Es liegt wohl näher, dass ein in Phoenicia zum Priester geweihter Mann sein Studium in Mnofer fortsetzt, nicht aber in Heliopolis«, sagte der Hohepriester.

Pythagoras sah ein paar Schweißtropfen über den kahlen Kopf rinnen. War das nur die Hitze? Mit einiger Bewunderung für den Einfallsreichtum des Mannes, der ihn abwies, hörte Pythagoras die Ausrede:

»In Mnofer steht der Tempel des Ptah. In der Residenz des Pharaos ist ein Laie besser aufgehoben als in unserem abgeschlossenen Klosterleben. Ich muss dich nach Mnofer verweisen, an den Tempel von Ptah, dem Urfeuer.« Und als läge ihm daran, den Fremden so schnell wie möglich loszuwerden, fuhr er fort: »Ich werde dich in den Gästetrakt bringen, wo du dich von den Strapazen der Reise erholen kannst. Ich empfehle dir, morgen bei Tagesanbruch abzureisen, dann entgehst du der größten Hitze.«

Er rollte die Papyrusrolle mit dem Schreiben des Pharaos wieder zusammen. Während er sie Pythagoras reichte, sagte er: »Ich wünsche dir eine angenehme Reise zum Tempel des Ptah.«

DAS VERSCHMÄHTE OPFER

Gerade noch rechtzeitig vor den starken Frühjahrsstürmen erreichte die Samaina 6 den sicheren Kriegshafen. Sie hatte noch nicht festgemacht, da prasselte der Hagel nieder und bedeckte in kurzer Zeit den Kai und den Uferdamm mit den Schenken und anderen Häusern, ja die ganze Stadt mit einer weißen grobkörnigen Decke. So ein Frühjahrssturm dauerte nie lange, aber die Windstöße waren nicht ungefährlich und das Meer um die Insel blieb noch lange unruhig. In Alexandros' Hafenschenke versammelten sich die Seeleute, um mit viel Wein und Bier ihre Heimkehr zu feiern und von ihren Abenteuern während der Fahrt zu erzählen.

Die Besatzung der Samaina 6 bestand aus fünfzig Ruderern, die meist durch zehn schwerbewaffnete Hopliten ergänzt wurde, denn die wenigsten Fahrten dienten allein dem Handelsverkehr. Wenn es sich ergab und wenn es von Vorteil war, wurde fleißig Piraterie betrieben. In Samos war allgemein bekannt, dass gerade die Samaina 6 immer häufiger als Piratenschiff fuhr und meistens mit reicher Beute heimkehrte.

Der Wirt Alexandros war bei allen Seeleuten sehr beliebt, und zwar vor allem deshalb, weil er der Besatzung jedes heimgekehrten Schiffes erst einmal eine Runde spendierte. Man schätzte diese Freigebigkeit sehr. Sie war auch der Grund dafür, dass seine Schenke am besten besucht wurde. Alexandros schlug ein neues Fass Wein an und füllte die Becher. Er war ein gutmütiger Mann. Lange Jahre war er selbst Seemann gewesen und seine Gäste kannte er fast alle persönlich.

Sobald alle bedient waren, setzte er sich an einen der Tische. Ihm war aufgefallen, dass er nur die Ruderer der Samaina 6 hatte hereinkommen sehen. Wo waren die Hopliten geblieben? Aber er brauchte gar nicht danach zu fragen.

»Wir haben was Verrücktes erlebt«, sagte ein Seemann, nachdem er seinen Becher in einem Zug geleert und mit vielsagender Geste Alexandros zugeschoben hatte. »Etwas sehr Seltsames …«

Wie auf Befehl verstummten alle lauten Gespräche. Alle sahen den Seemann an.

»Wir hatten Wein und Öl nach Naukratis gebracht und holten auf dem Rückweg nördlich von Kafti ein schwer beladenes Schiff ein, das nach Sparta unterwegs war. Als sie uns bemerkten, wollten sie Reißaus nehmen, aber gegen uns hatten sie natürlich keine Chance. Das Land schon in Sicht haben wir das Schiff geentert und die Ladung erbeutet. Das war vor allem Eisen, aber das Schiff hatte auch noch einen Schatz geladen.«

»Was für einen Schatz? Woher?«

»Ja, das wussten wir erst auch nicht. Aber dann stellte sich heraus, dass das Schiff aus Kemi kam und ein besonderes Geschenk des Pharaos für die Spartaner an Bord hatte. Ein seltsames Geschenk.«

Plötzlich begannen alle durcheinander zu reden.

»Was war es denn? Wenn es von Amasis kam, muss es Gold gewesen sein. Gold und Edelsteine …«

»Ach … nein. Vielleicht doch. Ich meine …«

»Du hast schon zu viel gesoffen«, fuhr Alexandros dazwischen. »Kann vielleicht ein anderer sagen, was in der Kiste war?«

Ein bärtiger, dunkler Kerl drängelte sich vor. Er stolperte über seine eigenen Wörter.

»Ihr glaubt es nicht … ich kann es selbst kaum glauben.«

»Los, sag schon, mach es nicht so spannend!«

»Ein Hemd!«, rief der Riese. »Stellt euch vor, ein Hemd! So was wie ein Harnisch, allerdings nicht aus Metall, sondern aus Stoff. Einfach lächerlich!«

»Natürlich war es kein normales Hemd«, warf ein anderer ein. »Es war aus Leinen mit vielen eingewebten Figuren, verziert mit Gold. Das Gewebe war feiner, als ich jemals eins gesehen habe.«

»Das habe ich schon mal gehört«, warf Alexandros ein. »Ich meine, dass der Pharao solche Dinger anderen Herrschern zum Geschenk macht. Amasis soll so ein zeremonielles Panzerhemd auch dem Heiligtum der Athene in Lindos geschenkt haben. Was habt ihr damit gemacht?«

»Was denkst du? Natürlich haben die Hopliten die Kiste sofort zum Palast gebracht. Polykrates soll sehen, was er damit macht.«

»Das ist für mich keine Frage«, meinte Alexandros nüchtern. »Natürlich opfert er es dem Heiligtum der Hera. Was soll er sonst damit machen?«

Jemand warf ein: »Und was habt ihr mit dem aufgebrachten Schiff und der Besatzung gemacht?«

»Du hast doch gehört, wir hatten Land in Sicht, als wir sie überfallen haben. Als wir sahen, dass Schiffe in See stachen, um sich einzumischen, haben wir die Beute so schnell wie möglich übernommen und sind abgehauen. In der Eile haben wir leider nicht alles mitnehmen können. Es war sinnlos, das kaputte Schiff ins Schlepptau zu nehmen oder anzustecken. Es bekam Hilfe von sechs kleineren Schiffen, aber die konnten uns natürlich nicht einholen.«

In einer dunklen Ecke brummelte ein Betrunkener tiefsinnig vor sich hin: »Das kann uns Ärger mit den Spartanern einbringen.«

Über diese warnende Bemerkung wurde nur gelacht.

»Die werden sich hüten. Wer traut sich denn, uns hier anzugreifen? Wir sind die Stärksten im ganzen Ägäischen Meer und weit darüber hinaus. Ich bin nur neugierig, wie uns der Tyrann belohnen wird.«

Die Erwartungen waren hoch. Mit den Belohnungen seiner Mannschaften war Polykrates nie kleinlich. Außerdem tat es gut, den Spartanern wieder einmal eins ausgewischt zu haben. Der Sturm hatte sich gelegt. Vom wie leer gefegten klaren Himmel hoben sich die dunklen Umrisse der Samaina 6 ab. Das Mondlicht auf dem Wasser ließ eine trügerisch friedliche Stimmung aufkommen.

Im Elternhaus des Pythagoras ging das Leben weiter. Überzeugt davon, dass ihr Sohn erreichen würde, was er sich in den Kopf gesetzt hatte, machten Mnesarchos und Pythaida sich erst einmal wenig Sorgen um Pythagoras. Regelmäßig erkundigten sie sich im Handelshafen nach Schiffen, die aus Naukratis kamen, um von ihnen Neuigkeiten zu erfahren. Aber die Ionier konnten sich in Kemi außerhalb von Naukratis nicht frei bewegen und so hörten sie allenfalls Gerüchte, von denen man nicht wusste, inwieweit sie der Wahrheit entsprachen.

Die Jahre vergingen, ohne dass die Eltern des Pythagoras auf Samos erfuhren, wie schwer das Leben ihres Sohnes in Kemi war. Sie wussten nicht, dass er von den Priesterschulen in Heliopolis und Mnofer abgewiesen worden war, und sie wussten auch nicht, dass er die beschwerliche Reise zum fernen Tabai unternommen hatte. Die Priester in Mnofer hatten ihn an das älteste Heiligtum verwiesen, und zwar nur, um ihn los zu werden. Sie hatten nicht damit gerechnet, dass er nicht aufgeben und sich wirklich auf den Weg machen würde.

Zu seiner eigenen Überraschung wurde der junge Mann aus Samos schließlich in Tabai zur Priesterschule zugelassen. Sein erstes Ziel war erreicht! Es folgte noch ein langer Weg voller Erniedrigungen und Unterwerfung unter die Regeln und Bedingungen eines Studiums der unterschiedlichsten Gebiete. Pythagoras gab nicht auf, bis er nach vielen Jahren erreicht hatte, was er sich von Anfang an in den Kopf gesetzt hatte: die Priesterweihe in Kemi.

Von all dem erfuhren seine Eltern nichts. Sie wussten nicht einmal, dass er in Tabai war. Tabai lag weit im Süden und war eine geheimnisvolle Region, über die niemand Genaueres wusste. Nach einigen Jahren konnte man kaum mehr sicher sein, dass Pythagoras noch lebte. Die Zeiten waren unruhig, das Schicksal war launisch und zudem war es praktisch unmöglich, ein Lebenszeichen zu versenden. Hatten sich anfangs auf Samos noch viele dafür interessiert, ob die hohen Erwartungen ihres Landsmannes Aussicht auf Erfolg hatten, wandte man sich mit der Zeit, als alle Berichte ausblieben, anderen Themen zu. Schon bald war der junge Gelehrte auf Samos in Vergessenheit geraten.

Andere Ereignisse erregten die Gemüter. Zum Beispiel die Nachricht von der wilden Piraterie der Samaina 6. Auch andere Schiffe nahmen die Chance zum Plündern wahr, doch die Samaina 6 übertraf sie alle. Von jeder Fahrt brachte sie dem Tyrannen neue Schätze mit, der Reichtum der Insel wuchs und Polykrates schien kein Stein im Weg zu liegen.

Ein Jahr nach dem Raub des Panzerhemdes brachte die Samaina 6 in der Nähe von Samos ein Schiff auf, das unterwegs war nach Sardes in Lydia. Und wieder traf es die Spartaner. Das Schiff hatte neben vielem anderem einen gewaltigen und kostbaren Krater geladen, einen bronzenen Weinmischkrug, den die Bewohner von Sparta dem König Kroisos von Lydia zum Geschenk machen wollten.

Selbstverständlich wurde auch dieser Sieg wieder bei Alexandros in der Schenke gefeiert. Im Lärm des Trinkgelages konnte man am ehesten noch die Stimme des Steuermanns verstehen:

»Noch nie einen so wunderschönen Krater gesehen, Männer! Ein königliches Geschenk. Haha! So etwas gehört nicht nach Sardes, so etwas gehört ins Haus der Hera! Bald steht er beim großen Altar und wir, wir haben ihn erbeutet!«

»Da stehen mehr Krater im Heraion. Was ist denn so besonders an dem aus Sparta?«

»Mann, so ein Prachtstück hast du noch nie gesehen! Da passen mindestens dreihundert Amphoren rein. Aus Bronze, mit Greif-Vögeln verziert. Ein wunderschönes Geschenk für die Göttin! Die Spartaner werden vor Wut heulen!«

Ein anderer Seemann, dem es nicht gefiel, dass sich immer alles nur um die Samaina 6 drehte, lenkte die Aufmerksamkeit auf sich.

»Was ist schon so ein Krug. Höchstens ein Prunkstück für ein Heiligtum. Nein, da ist unsere Ladung für die Insel viel wichtiger. Wir haben Hunde geholt aus Epirus, Ziegen aus Skyros, Schafe von Milet und Schweine von Sicilia. So ein Krater, das ist doch eine einfache Ladung. Habt ihr schon mal versucht, ein Schiff voller kotzender und pinkelnder Tiere übers Meer nach Samos zu bringen, ohne dabei in Seenot zu geraten? Ihr habt ja keine Ahnung, was da an Bord los ist, wenn der Wind ein bisschen scharf bläst! Und von Sicilia nach Samos ist es ganz schön weit. Den Krater habt ihr hier ganz in der Nähe erbeutet.«

Der Beifall gab dem Seemann recht. Es war ihm gelungen, die Aufmerksamkeit von seinem Gegenspieler auf sich zu lenken.

»Wofür denn die Viecher?« rief einer.

»Polykrates will mehr Tiere auf Samos haben. Hunde kann man für die Jagd abrichten und auch zu Kampfhunden machen. Bei einem Angriff auf die Insel können sie sehr nützlich sein. Aber die Tiere – das ist ja noch nicht alles. Wir haben auch Reisen gemacht, um Fachleute aus anderen Ländern zu uns zu holen. Polykrates will die besten Leute für sich arbeiten lassen, die besten Holzschnitzer, Bildhauer, Schiffsbauer und was es alles so gibt. Er zahlt gut. Also, was das angeht, haben wir auf den anderen Inseln und auf dem Festland keine Schwierigkeiten, Leute zu finden, die gerne auf Samos arbeiten wollen. Und für uns ist das ein großer Vorteil!«

»Gefährlich kann's also bei euren Reisen nicht gerade werden«, meinte der Steuermann der Samaina 6 herablassend.

Der Streit der beiden Seeleute drohte die Stimmung zu verderben und das war Alexandros gar nicht recht.

»Kein Streit in meiner Schenke! Jede Ladung, die unsere Schiffe bringen, ist wichtig für unseren Wohlstand. Wer kann sich denn mit unserem Reichtum messen? Wo lebt man besser als auf Samos?«

»Wenn du so reich bist, dann kannst du noch 'ne Runde spendieren!«, rief ihm ein junger Kerl zu.

Der Beifall, den er erntete, erstickte alle Streitereien. Die Stimmung war gerettet. Das Leben war gut, niemand hungerte, die Insel wurde reicher und reicher. Keine Klagen über Nichtigkeiten, nicht einmal über auferlegte Steuern. Denn der Tyrann wusste genau, wie er seine Untertanen zufrieden stellen konnte. Es gab genug Feiertage und die Belohnungen für erwiesene Dienste waren nie knapp bemessen. Wenn einmal einer so dumm war, sich den Zorn des Tyrannen zuzuziehen, hatte er es sich selbst zuzuschreiben, wenn es für ihn schlecht ausging.

»Es lebe Polykrates und Samos! Die Götter sind uns wohlgesonnen!«

Etwas nördlich von Samos dümpelte ein kleines Fischerboot auf dem inzwischen wieder ruhigen Wasser. Das Segel hing schlaff herab, es war fast windstill. Lysander, der Fischer, saß schläfrig zusammengesunken am Ruder, sein Sohn Leon hielt das Schleppnetz im Auge. Weit und breit war kein anderes Boot zu sehen. Die meisten Fischer mieden diese tiefen Fischgründe, wo ein plötzlicher Windstoß oder ein unerwartet aufkommender Sturm schon manchem Fischer zum Verhängnis geworden war. Aber Lysander wusste, dass seine Fänge nirgendwo besser waren als gerade hier. Er achtete darauf, nicht zu weit abzutreiben und stets am Horizont noch die Umrisse des höchsten Bergmassivs der Insel, des Kerkis, sehen zu können.

Lysander besaß in Kalamoi einen Obstgarten, ein Stück Land, auf dem er Gemüse anbaute, und auf den Hängen des Ampelos hatte er noch einen kleinen Weinberg. Wenn die Gartenarbeit getan war, blieb noch genug Zeit, um Vögel zu jagen oder mit dem Boot hinauszufahren. Oft nahm er seinen Sohn Leon mit. Der Junge konnte schon sehr gut mit dem Boot umgehen und war ein geschickter Fischer. Früher hatte der Junge wilde Pläne gehabt, da wollte er sich, sobald er vierzehn Jahre alt wäre, zu den Hopliten melden. Seinem Vater gefiel das ganz und gar nicht. Der Tyrann belohnte seine Krieger zwar gut, aber das Leben als Bogenschütze war doch sehr gefährlich.

Lysander war klug genug, seinem Sohn nicht die Gefahren des Berufs auszumalen, der nach dessen Meinung so verlockend war. Vielmehr versuchte er den Jungen für andere Dinge zu interessieren. Als er merkte, dass Leon die Landarbeit überhaupt nicht mochte, nahm er ihn immer öfter mit zum Fischen. Das hatte Erfolg. Leon fühlte sich wohl auf dem Wasser. Er träumte nicht mehr so sehr von einer abenteuerlichen Zukunft, er ging auch nicht mehr regelmäßig zum Kriegshafen, wenn dort Samainas lagen. Er konzentriete sich nun voll und ganz auf den Fischfang. Leon konnte hervorragend schwimmen und tauchen und er hatte auch eine ganz besondere Art, große Fische zu fangen. Wenn das Boot mit Fangnetz auf dem ruhigen Wasser dümpelte, stand er mit dem hölzernen

Fischspieß unbeweglich am Bug. Sobald sich ein großer Fisch zeigte, konnte er mit enormer Treffsicherheit zustechen. Lysander wunderte sich darüber, dass sein Sohn fast immer wusste, wann und wie er zustechen musste. Er hatte es selbst auch versucht, aber irritiert davon, dass sich das Licht im Wasser brach, stach er zur großen Erheiterung seines Sohnes immer dicht daneben. Einmal war er dabei sogar über Bord gefallen. Seitdem vermied er es, mit seinem Sohn zu wetteifern.

Die Sonne senkte sich schon dem Horizont entgegen, und da er vor dem Abenddunkel zu Hause sein wollte, beschloss Lysander heimzufahren.

»Komm, Leon, wir fahren zurück.«

Der Junge antwortete nicht. Unbeweglich starrte er ins Wasser, und als Lysander ungeduldig wiederholte: »Komm, wir fahren zurück!«, stach er plötzlich kräftig zu.

»Getroffen!«

Vorsichtig zog er den langen Spieß ein.

»Sieh nur, was für ein dicker Brocken!«

Der große Schwertfisch glitt zappelnd über den Bootsrand.

»Einen so großen habe ich noch nie gesehen!«, sagte der Vater bewundernd. »Gute Arbeit!«

Leon strahlte. »Den werde ich zu Hause gleich wiegen. Das ist vielleicht ein Brocken!«

Die Heimfahrt dauerte dem Jungen viel zu lange. Als Lysander schließlich in den Hafen fuhr und das Netz mit seinem Fang einholte, sprang Leon über Bord und lief durch das flache Wasser, um seine Freunde herbeizurufen. Auf sein Geschrei hin kamen sie aus allen Himmelsrichtungen angerannt. Alle fanden, dass dies ein so außergewöhnlicher Fang sei, dass Leon etwas Besonderes damit tun müsse.

»Ein Opfer für den Heratempel«, meinte ein alter Fischer. »Einen solchen Fang kannst du nicht für dich behalten!«

Aber Leon hatte schon eine andere Idee.

»Ich bringe ihn zum Palast«, rief er mit sich überschlagender Stimme. »Dies ist ein Fisch für einen Fürsten! Ich gebe ihn dem Tyrannen.

Morgen früh gehe ich damit zum Palast, aber erst muss ich ihn noch wiegen.«

Lysander musste an diesem Abend seinen Fang alleine an Land bringen.

Polykrates besprach mit seinen Gefolgsleuten die Fortschritte beim Bau des Hera-Heiligtums. Der Baumeister Theodorus hatte um mehr Marmor gebeten und die Aufseher brauchten mehr Arbeiter. Das zweite Problem war nur vorübergehend, denn nach der Ernte gäbe es fürs Erste genug Arbeitskräfte.

»Nördlich von der Heiligen Straße, dem letzten Schatzhaus gegenüber, wird der neue Kuros stehen«, erklärte Theodorus. »Er ist schon herangeschafft worden. Ein prächtiges Standbild aus weißem Marmor mit blauen Adern, ungefähr dreifache Lebensgröße. Bis jetzt der schönste Kuros des Haraions.«

Auf der großen Tontafel mit dem Grundriss des Heiligtums, die auf dem Tisch lag, deutete er die besagte Stelle an. »Hier, dem Schatzhaus gegenüber.«

Polykrates nickte.

»Heute morgen ist ein Schiff aus Kemi gekommen«, berichtete er, »mit ein paar hölzernen Statuen des Amasis. Ich habe sie kurz gesehen, als das Schiff noch im Kriegshafen lag. Großartige Arbeiten! Was vom Pharao kommt, ist immer großartig. Ich habe das Schiff gleich weiter zum Handelshafen geschickt, das ist einfacher so. Schickt morgen ein paar Arbeiter hin, um die Statuen abzuholen. Sie sind eine Opfergabe des Pharaos für den Tempel.«

Ein Haussklave kam herein, ging geräuschlos zum Tyrannen und flüsterte ihm etwas ins Ohr. Polykrates runzelte die Augenbrauen.

»Musst du mich deswegen stören?«

Das war keine Zurechtweisung, denn der Ton war eher freundlich fragend. Wieder flüsterte der Sklave ihm etwas zu. Wie es schien, war er etwas verunsichert, denn man konnte nie wissen, wie lange die gute Laune des Tyrannen anhielt. Manchmal kam wie aus heiterem Himmel ein Wutausbruch.

»Meine Herren«, sagte der Tyrann zu den Männern am Tisch, »damit ist besprochen, was zu besprechen war. Ich komme morgen selbst zum Heraion. Ich wünsche allen einen guten Abend.« Und zu dem Sklaven sagte er: »Er soll reinkommen.«

Noch bevor die Männer den Saal verlassen hatten, kam ein etwas verlegener Junge herein. Auf den Armen trug er einen auf einem Brett liegenden riesigen Fisch. Der war offensichtlich so schwer, das die korrekt gemeinte Verbeugung misslang. Amüsiert ließ der Tyrann den Jungen näherkommen.

»Du bist also der Fischerjunge, der sich nicht abweisen lässt! Wie heißt du und was hast du da?«

»Mein Name ist Leon, Herr. Ich bin der Sohn des Fischers Lysander und bringe dir den größten Fisch, den wir jemals gefangen haben. Wir hoffen, dass du ihn als Geschenk annehmen wirst.«

Da nun die schwere Last auf dem Tisch lag, konnte Leon befreit durchatmen. Unbefangen schaute er sich um, sah die Fresken an den Wänden, die vielen goldenen Gegenstände, die prachtvollen Figuren und natürlich auch den Tyrannen. Da er nun schon einmal so weit vorgedrungen war, musste er alles sehr genau in sich aufnehmen, um seinen Freunden später davon erzählen zu können.

»Und warum bringt nicht Lysander selbst sein Geschenk?«

Es dauerte einen Augenblick, bis die Frage zu Leon durchgedrungen war.

»Weil ich den Fisch gefangen habe, Herr. Mein Vater fischt mit einem Netz, aber ich nehme einen Spieß.«

Unbefangen erklärte er dann seine Art des Fischens. Dem Tyrannen gefiel der Junge. Ständig war er von scheuen Lakaien und untertänigen Speichelleckern umgeben, da war es wohltuend, wie ein normaler Mensch angesprochen zu werden. Das war ihm zwar so deutlich nicht bewusst, aber wohl gerade darum gefiel ihm der Junge. Leon hatte keine Angst vor dem mächtigen Tyrannen und senkte auch nicht den Kopf. Stolz schwadronierte er von seinen Fähigkeiten. Polykrates hatte das Gefühl, es mit einem Freund aus seiner Jugend zu tun zu haben. Er ließ den Jungen reden, stellte ab und zu eine Frage, kurz, er benahm sich wie ein normaler Mensch. Denn wenn er wollte, konnte er sich mit einfachen Leuten ganz ungezwungen unterhalten. Den Aristokraten gegenüber war er stets hart, unnahbar und herrschsüchtig, denn er wusste genau, dass sie ihn für einen Emporkömmling hielten und auf ihn herabsahen, aber beim einfachen Volk war er beliebt. Diese Menschen nahmen ihn als einen der Ihren, obwohl er die Macht hatte, jeden Untertan zu vernichten, der sich gegen ihn stellte. Das einfache Volk bewunderte ihn.

Polykrates ließ den jungen Besucher vom Leben in seinem Dorf, von seinen Erfolgen beim Fischfang und seinen Fertigkeiten beim Schwimmen und Tauchen erzählen. Danach rief Polykrates den Haussklaven und befahl ihm, den großen Fisch in die Küche zu bringen.

»Lass ihn zubereiten. Ich will ihn heute abend auf dem Tisch haben!« Und zu Leon sagte er: »Komme heute abend wieder, um ihn mit mir zu essen.«

Leon wusste nicht, wie ihm geschah. Schwindelig vor Aufregung verließ er den Palast. Es war schon später Nachmittag. Wenn er nun noch nach Hause ginge, müsste er eigentlich gleich wieder gehen, um rechtzeitig zur Einladung in den Palast zu kommen. Er beschloss, zum Kriegshafen zu gehen. Dort gab es genug zu erleben, um sich in der verbleibenden Zeit nicht zu langweilen.

In der Palastküche traf der Küchenchef die Vorbereitungen zum Abendessen. Er schnitt dem Fisch Kopf und Schwanz ab, holte die Schuppen herunter, nahm die Eingeweide heraus und sah dann, dass der Fisch einen großen Gegenstand im Magen hatte. Vorsichtig schlitzte er den Magen auf und fand zu seiner Überraschung einen großen, goldenen Ring darin. In einer Schüssel mit warmem Wasser wusch er den Ring.

Sah er recht? War das nicht der schwere Ring mit dem großen Smaragd, den der Tyrann vor einiger Zeit – wie lange war das nun her? – während der Hera-Feierlichkeiten geopfert hatte, indem er ihn in das besonders tiefe Meer nördlich von Samos geworfen hatte?

Oder spielte ihm seine Phantasie einen Streich? Der Koch wusch sich die Hände und ging zu Polykrates.

»Herr, in dem Fisch, den ich für dein Abendessen zubereiten soll, fand ich diesen Ring. Ich meine, es ist der Ring, den du vor einiger Zeit geopfert hast.«

Völlig verwundert nahm der Tyrann das Schmuckstück in die Hand. Er drehte es mehrmals um, er kannte jede Einzelheit der Verzierungen. Wie war es möglich, dass er nach so langer Zeit sein Opfer zurückbekam? Er hatte doch den Ring da ins Meer geworfen, wo es am tiefsten war, damit ihn niemals wieder eine Menschenhand berühren konnte. Es hatte ihn auch niemand mehr berührt ... bis heute. Und nun zeigte sich, dass ein Fisch den Ring verschluckt hatte. Das hieß, die Götter verschmähten sein Opfer. War das nun ein gutes oder eher ein schlechtes Zeichen?

Polykrates rief seine Frau und seine Tochter. Niemand wusste, was die Götter mit diesem seltsamen Zufallsspiel sagen wollten. Phileia war verunsichert. Sie wollte ihrem Vater die Freude nicht verderben, aber sie hatte das Gefühl, dass es kein gutes Zeichen war, wenn die Götter ein Opfer verschmähten. Daran hatte Polykrates auch schon gedacht, doch war er, wie immer, optimistisch und verdrängte die negative Erklärung.

»Die Götter geben mir zu verstehen, dass sie mein Opfer für zu groß halten. Sie sind mir heute wie auch sonst wohlgesonnen. Ruft den Fischerjungen herein. Ich habe ihn eingeladen, heute Abend gemeinsam mit uns diesen Fisch zu essen. Er wartet schon vor dem Tor!«

Es wurde ein seltsames Mahl. Leon sollte noch viele Jahre davon erzählen. Dabei brauchte er, um Eindruck zu machen, nicht einmal zu übertreiben. Zu Tisch geladen zu werden vom Herrscher der Insel, um gemeinsam mit ihm, seiner Frau und seiner Tochter einen Fisch zu essen, den man selbst gefangen hat, ist für jeden ein unvergessliches Erlebnis. Für Leon war alles neu, das wunderschöne Tafelgeschirr, die silbernen und goldenen Schüsseln und Schalen, der Überfluss köstlicher Speisen. Alles war neu und beeindruckend und wert, nie vergessen zu werden. Unter dem Tisch lag ein abgerichteter Hund, der ab und zu einen leckeren Brocken zugeworfen bekam. Es war der schönste von den Hunden, die in Epirus gekauft worden waren, um auf Samos als Jagd- und Kampfhunde verwendet zu werden.

Das Abendessen dauerte lange. Es schien, als genösse Polykrates die ungewöhnliche Situation. Oder hatte er so gute Laune, weil er sich seinen Lieblingsring wieder auf den linken Ringfinger hatte schieben können?

Phileia war schweigsam. Wenn ihr Blick auf den Ring fiel, überfiel sie jedes Mal ein Schauder. Das war ein Zeichen, das wusste sie genau. Ein Zeichen der Götter. Aber was genau wollten die Götter damit zum Ausdruck bringen? Sie wagte es nicht, sich ihre Angst anmerken zu lassen, dass es etwas Schreckliches sein könnte. Ihre Mutter schien sich darüber keine Gedanken zu machen, denn ruhig und heiter unterhielt sie sich über allerlei unwichtige Dinge.

Nicht nur für Leon, auch für Phileia wurde dieses seltsame Abendessen ein Erlebnis, an das sie sich noch im hohen Alter erinnern sollten. Doch was für Leon eine angenehme Erinnerung war, wurde für Phileia zum Alptraum.

Nach dem seltsamen Vorfall mit dem Fisch verging einige Zeit, bis der Tyrann und der Pharao von Kemi wieder Kontakt miteinander hatten. Eigentlich hatte Polykrates den Vorfall schon wieder vergessen, aber als er eine Nachricht an Amasis diktierte, fiel ihm alles wieder ein und er meinte, der Herrscher von Kemi müsse darüber unterrichtet werden:

»... Wie Du Dich noch erinnern wirst, Freund und Bundesgenosse, hast Du mir vor einiger Zeit geraten, dafür Sorge zu tragen, die Götter nicht neidisch zu machen auf mein Glück und ihnen darum ein großes persönliches Opfer zu bringen. Ich schrieb Dir bereits, dass ich Deinem Rat folgte und meinen liebsten Besitz, meinen goldenen Ring mit einem Smaragd, in das tiefe Meer zwischen Samos und Chios warf, auf dass keine Menschenhand mein Opfer je wieder berühren könne. Nun wisse, dass Deine Sorge, wie wohlwollend sie auch gewesen sein mochte, nicht vonnöten war. Die Götter haben zu erkennen gegeben, mein Opfer nicht behalten zu wollen. Ein junger Fischer hat einen Fisch gefangen, der den Ring verschluckt hatte. So gaben mir die Götter das Zeichen, mein Opfer sei zu groß bemessen.«

Die Nachricht des Polykrates ging mit einer Ladung Handelsgüter nach Kemi und der Tyrann hatte das angenehme Gefühl, nicht nur die Gunst der Götter behalten zu haben, sondern auch dem Pharao deutlich gemacht zu haben, dass er sich nicht um die Angelegenheiten anderer Leute zu kümmern brauche. Dann vergaß Polykrates den Vorfall und widmete sich wieder dem normalen Alltag, denn was auf der anderen Seite des großen Wassers geschah, verlangte seine ganze Aufmerksamkeit. Dort hatte nämlich Kyros das Persische Reich gegründet und die Stadt Babylon, das Zentrum aller Wissenschaften, eingenommen und dem Persischen Reich einverleibt. Auch die ionischen Städte an der Küste waren nun in seinem Besitz. Mit Interesse, aber auch mit einer gewissen Unruhe, verfolgte Polykrates, wie Kyros sein Reich regierte. Mit Verwunderung sah er, wie dieser König die Einheit seines Reiches herzustellen verstand. Er war den unterworfenen Völkern gegenüber sehr tolerant und sorgte dafür, dass sie uneingeschränkt nach ihrer jeweiligen Religion und Gesellschaftsform leben konnten.

Polykrates ließ von einigen tapferen Spionen alle Schritte des persischen Königs genauestens beobachten. Da er seine Überlegungen ständig auf die Ereignisse im Osten konzentriert hatte, kam der Brief des Pharaos Amasis wie ein Blitz aus heiterem Himmel für ihn.

Der Pharao teilte ihm blumenreich aber deutlich mit, dass er das langjährige Freundschaftsverhältnis mit dem Tyrannen von Samos aufkündige. Dass Polykrates den Ring im Bauch eines Fisches wiederfand, habe ihn zu der Überzeugung gebracht, dass dies nicht bedeute, sein Opfer sei den Göttern zu groß, sondern im Gegenteil, der Tyrann von Samos genieße nicht mehr länger die Gunst der Götter. Da er, Pharao Amasis, nicht mit ansehen könne, wie sein Bundesgenosse und Freund zugrunde gerichtet werde, wolle er die langjährige Freundschaft nun beenden.

Es war bezeichnend für Polykrates, dass er Amasis für verwirrt hielt. Es kam ihm überhaupt nicht in den Kopf, dass der Pharao recht haben könnte. Er lachte über den Brief, der ihm seinen Untergang prophezeite, und wünschte, kein Wort mehr über den Pharao zu hören. Alle maßen dem Brief des Pharaos kaum eine Bedeutung zu, nur Phileia dachte anders darüber. Sie liebte ihren Vater abgöttisch und nahm sich die Vorhersage einer Katastrophe so sehr zu Herzen, dass sie Alpträume bekam. Sie hatte versucht, mit ihrer Mutter darüber zu reden, war aber auf taube Ohren gestoßen.

»Unsinn, mein Kind, dein Vater ist der mächtigste Mann des Ägäischen Meeres. Du glaubst doch nicht etwa, dass ihm vom Persischen Reich Gefahr droht? Auch Kyros ist ihm wohlgesonnen. Lass dir doch von einem abergläubischen Mann in Kemi keine Angst machen. Dein Vater hat mehr getan, als von ihm erwartet werden konnte, er hat seinen schönsten Ring geopfert. Er hätte nicht noch mehr tun können, um die Götter gnädig zu stimmen. Wenn sie sein Opfer nicht annehmen, ist das ein Zeichen dafür, dass sie von ihm keine so außergewöhnlichen Opfer erwarten und dass sie mit der Art und Weise, wie er sie in den Tempeln verehrt, völlig zufrieden sind.«

Phileia schwieg. Was hätte sie noch sagen sollen? Aber tief im Herzen glaubte sie immer fester daran, dass etwas Schreckliches passieren würde, etwas, das ihrem Vater persönlich zustoßen würde.

Eines Tages traf sie im Hafen ganz zufällig den jungen Fischer, der seinerzeit den großen Fisch gefangen hatte. Verträumt saß er da und schaute auf eine vor kurzem eingelaufene Samaina, die gerade gelöscht wurde. Phileia grüßte ihn und setzte sich zu ihm. Leon war erst respektvoll aufgesprungen, aber sie gab ihm zu verstehen, dass das nicht nötig sei. Sie fühlte sich nicht als Prinzessin unter Untertanen, sondern als Mädchen, das sich mit einem Gleichaltrigen unterhalten wollte.

Obwohl sie eine ganze Weile über das Schiff sprachen, über die Ladung, das Wetter und alltägliche Dinge, dauerte es doch nicht lange, bis Phileia zwar zögerlich und auf Umwegen, das Gespräch auf die Sorgen brachte, die sie quälten.

»Fischst du noch oft mit dem Spieß?«

»O ja! Immer wenn mein Vater mit mir rausfährt. Aber ich habe nie wieder einen so großen Fisch gefangen wie damals.«

Phileia strich sich ihr Gewand glatt. Plötzlich und ohne Übergang sprach sie ihre Sorge aus: »Ich habe Angst.«

Leon schrak aus seiner ruhigen Stimmung auf.

»Angst? Wovor? Was meinst du?«

Und dann kam die ganze Geschichte. In der warmen Sonne auf dem Hafendamm, um sie herum das Geräusch der gegen die Steine klatschenden Wellen und das Geschrei der herabsausenden Seeschwalben, erzählte sie ihm von dem Brief, den der Pharao Amasis ihrem Vater geschickt hatte. Schweigend ließ er sie ausreden.

»Ich habe solche Angst, Leon, dass Pharao Amasis recht hat. Dass es wahr ist, dass ein Opfer, das auf so seltsamem Weg zu einem zurückkommt, von den Göttern verschmäht wird. Und wenn die Götter ein Opfer verschmähen, ist dann nicht klar, dass sie dem Opfernden nicht wohlgesonnen sind? Glaubst du das nicht auch?«

Leon fühlte sich hin- und hergerissen zwischen dem Verlangen, sie zu beruhigen und dem auch ihn beängstigenden Gedanken, dass sie recht haben könnte.

»Was sagt denn deine Mutter? Und dein Vater?«

»Vater lacht. Er sagt, Amasis sei nicht mehr ganz richtig im Kopf. Und meine Mutter glaubt alles, was mein Vater sagt. Aber ich träume davon. Im Traum sehe ich meinen Vater zwischen Himmel und Erde hängen, Zeus bedrängt ihn mit peitschendem Regen und lässt ihn dann unter sengender Sonne leiden. Warum sehe ich meinen Vater in Träumen immer zwischen Himmel und Erde hängen? Was hat das zu bedeuten, Leon?«

Er hätte ihr gerne etwas Tröstendes gesagt, konnte aber nicht die richtigen Worte finden.

»Phileia«, sagte er, »manchmal können Träume eine ganz andere Bedeutung haben, als man selber meint. Vielleicht verstehst du später, was dein Traum zu bedeuten hat. Vielleicht solltest du ihm auch gar nicht so viel Bedeutung beimessen. Träume können so trügerisch sein. Und hier geht doch alles nach Wunsch. Dein Vater hat doch keine Niederlagen einstecken müssen.«

»Amasis sagt, das Leben sei eine Einheit von Gegensätzen, man könne kein uneingeschränktes Glück haben, ohne auch Unglück kennen zu lernen. Kein Mensch, sagt er, ist einzig und allein für das Glück geschaffen worden.«

Leon sah keine Möglichkeit, sie mit vernünftigen Worten zu trösten.

»Ich sehe kein einziges Zeichen, das darauf hindeutet, dass dein Vater seinem Unglück entgegengeht. Du solltest dir also nicht solche Katastrophen ausmalen. Das hilft niemandem. Weißt du was? Komm doch morgen zum Handelshafen. Dann können wir zusammen die Tonaia-Festlichkeiten mitmachen. Das bringt dich auf andere Gedanken!«

Für einen Moment fürchtete er, sie könnte sein Angebot als zu aufdringlich abweisen. Mit einem Fischerjungen würde sie doch nicht zu einem Fest gehen! Aber zu seiner Überraschung willigte sie sofort ein.

»Ich werde wohl erst mit meinem Vater fahren müssen. Wo kann ich dich dann finden?«

»Ich warte auf dich unter dem heiligen Lygosbaum«, antwortete er froh. »Du musst nur an etwas Schönes denken.«

Phileia stand auf.

»Ich muss nach Hause. Alle werden sich fragen, wo ich stecke. Also bis morgen beim Lygosbaum.«

Er schaute ihr nach, wie sie eilig über den langen Hafendamm zur Ufermauer ging. Ihre blonden Haare zog sie wie einen flatternden Schleier hinter sich her. Und obwohl er es ziemlich unpassend fand, war er sich ganz sicher, dass ihm die Tochter des Tyrannen besser gefiel als alle anderen Mädchen, die er kannte.

DIE TONAIA

Vor langer, langer Zeit, als auf der Insel Samos noch keine Ionier lebten, sahen die Inselbewohner in Hera nicht die Göttin des Olymp und Gemahlin des Zeus, sondern die Göttin der Natur und der Fruchtbarkeit, die Urmutter. Sie war »die Schöpferin aller irdischen Dinge«. Ihre Heiligtümer standen auf weiten, fruchtbaren Ebenen, denn vor allem hier zeigte sich die vornehmste Gabe der Göttin: die Fruchtbarkeit. Darum war es selbstverständlich, dass im sumpfigen Mündungsgebiet des Flusses Imbrasos ein Heiligtum für die Urmutter gebaut wurde. Dort sollte ihrem Bild eine würdige Heimstätte gegeben werden. Das Bild der Göttin war in jener alten Zeit kaum mehr als ein Stück Holz, ein Brett. Als ionische Einwanderer sich auf Samos niederließen, stand dort schon lange Zeit ein solches Bild der Göttin. Auch die neuen Bewohner der Insel erkannten sie als ihre Göttin an und der Künstler Smilis schnitzte in das formlose Stück Holz eine Göttinnenfigur in menschlicher Gestalt. So stand sie seitdem auf einem Sockel in ihrem offenen Schrein und wurde sowohl von den alteingesessenen Inselbewohnern als auch von den neuen Siedlern aus Hellas verehrt.

Da hörten Seeräuber von der Göttinnenfigur und ihre Habgier war geweckt. Sie beschlossen, das Kleinod von Samos zu entführen. Auch hofften sie, dass ihnen das Glück stets treu sein würde, wenn sie im Besitz der Urmutter wären. Es war nicht schwer, das Piratenschiff in der Nähe des Schreins auf den Strand zu setzen und das Kleinod zu rauben. Doch dann geschah etwas, was die Piraten in Angst und Schrecken versetzte. Obwohl ein günstiger Wind wehte und sie weder vom Wetter noch von Menschen gehindert wurden, gelang es ihnen nicht, das Schiff vom Strand in tieferes Wasser zu staken. Wie besessen versuchten sie die ganze Nacht hindurch, mit dem hölzernen Kleinod an Bord, das Schiff vom Strand ins Wasser zu bekommen – vergebens! Das Schiff schien auf dem Strand Wurzeln geschlagen zu haben.

Seeleute haben immer Angst vor Dingen, die sie sich nicht erklären können. So auch diese Piraten. Einer kam auf den Gedanken, das Bild der Göttin könnte der Grund dafür sein, dass sie nicht ins offene Wasser kämen. Also trugen sie das Stück Holz durch die Brandung wieder zum Strand. Und weil ihnen bewusst war, dass sie etwas gutzumachen hatten, und aus Angst davor, sie könnten Schiffbruch erleiden, legten sie Früchte und Gebäck als Opfergaben neben das Bild der Göttin auf den Strand. Und tatsächlich, als sie wieder an Bord geklettert waren, gelang es ihnen, das Boot flott zu machen und fort zu segeln von dieser geheimnisvollen Insel Samos.

Als am nächsten Morgen einige Inselbewohner das Bild der Göttin am Strand fanden, dachten sie erst, die Göttin selbst hätte sich dorthin begeben. Um sie daran zu hindern, die Insel zu verlassen, banden sie ihr Holzbildnis mit Zweigen vom Lygosbaum fest. Doch die Priesterin Admete nahm die Zweige sofort wieder weg, reinigte das Bild und stellte es zurück auf den Sockel im Schrein, wo es immer gestanden hatte.

Von diesem Tag an feierten die Bewohner von Samos jedes Jahr das Fest der misslungenen Entführung der Urmutter. In einer Prozession trugen sie das Bild zum Strand, um es dort zu säubern. Und sie opferten Gebäck zur Erinnerung an die Opfergaben der Piraten. Dieses Fest nannte man Tonaia, das »Bindefest«, weil diejenigen, die das Bildnis am Strand gefunden hatten, es dort festbanden. Für alle war es das wichtigste Fest des Jahres. Nach der feierlichen Zeremonie am Strand legte man der Göttin prunkvolle Gewänder an, bevor man sie wieder zum Tempel trug. Von den geopferten Rindern verbrannten die Priester die dazu bestimmten Teile und speisten mit dem Rest die Gläubigen.

Nun nannte man die Göttin Hera. Es waren vor allem Priesterinnen, die sie in ihrem Tempel umsorgten. Zunächst war das Heraion allein der Göttin geweiht, doch später baute man auf demselben Boden auch Tempel für andere Götter. Und als Hera unter dem Lygosbaum mit dem Gott Zeus die Ehe vollzog, kam ein zweites jährliches Fest hinzu, das Heraia-Fest zur Erinnerung an den Ehebund der beiden Götter. Aber die Tonaia blieb das älteste und wichtigste Fest, auf das sich alle freuten und das alle gemeinsam feierten.

Das Fest war schon in vollem Gange, als sich der Tyrann und seine Familie auf der Heiligen Straße näherten. Mit der großen Opferzeremonie wartete man natürlich, bis die wichtigsten Leute eingetroffen waren. Priesterinnen in langen weißen Gewändern verrichteten die Reinigung am Strand. Dann wurde das Heiligenbild in mit Gold und Silberfäden durchwebte Gewänder gehüllt und in einer Prozession zurück zum Tempel getragen. Um den Kopf der Urmutter war eine Weinranke gewunden und auf dem Sockel breitete ein Priester ein prachtvolles Löwenfell aus. Mit Gesang und Anbetung endete der zeremonielle Teil. Dann wurde vor dem Tempel auf dem großen Altar in ausgedehnter Feierlichkeit das Brandopfer dargebracht. Und als schließlich der Altar zu einem großen Aschen-Altar geworden war, gaben die Priester das Zeichen dafür, dass aus dem nicht verbrannten Fleisch ein Mahl für die Tempelbesucher bereitet werden könne.

Kaum war die Familie des Tyrannen beim Tempel angekommen, sprang Phileia vom Wagen und lief zum Lygosbaum, wo Leon schon eine ganze Weile auf sie wartete. Er wunderte sich darüber, dass sie sich so ohne weiteres von ihren Eltern trennen konnte und dass ihr Vater ihr offensichtlich nicht verboten hatte, mit ihm oder irgendjemand sonst das Fest zu feiern. Zusammen gingen sie zur Wiese vor den Mauern des großen Heiligtums, wo an riesigen Bratspießen Rinder gebraten wurden. Den hungrigen Festbesuchern lief beim Geruch des gebratenen Fleisches das Wasser im Mund zusammen. Ein jeder konnte essen, so viel er wollte, und danach aus den mit bronzenen Stierköpfen verzierten Trinkhörnern so viel Wein oder Bier trinken, wie er vertragen konnte.

Die Menge wurde ausgelassener und lauter. Jetzt folgten Wettkämpfe in Geschicklichkeitsspielen, es traten Sänger und Musikanten auf und einheimische Volkstänze wurden aufgeführt. Phileia und Leon schlenderten umher, um sich nichts entgehen zu lassen. Ohne zu wissen, was er tat, legte er ihr den Arm um die Schulter und sie ließ es dabei.

»Darfst du den ganzen Tag mit mir zusammenbleiben?«, fragte er vorsichtig. »Haben deine Eltern nichts dagegen?«

Sie lachte. »Ich bin kein Kind mehr. Ich kann heute tun, was ich will.«

Von den wenigen Münzen, die er hatte, kaufte er an einem der Stände ein paar kleine Opfergaben für die Tempelschatzhäuser, einen Terrakottastier und einen Trinkbecher. Er hatte schon mit dem Verkäufer abgerechnet, als Phileias Blick auf einen Pfau aus Terrakotta fiel.

»Sieh nur, Leon! Der ist schön, der Pfau, der ein Rad schlägt. Wirklich, den würde ich gerne kaufen und im Schatzhaus opfern. Aber ich habe kein Geld bei mir.«

Schnell zählte er, was er noch hatte. Es reichte nicht für den Pfau, aber er kannte den Händler und versprach ihm, den fehlenden Betrag in den nächsten Tagen zu bringen. Phileia war glücklich.

»Ich würde ihn am liebsten selbst behalten«, sagte sie, während sie mit dem Zeigefinger die Umrisse des Pfaus nachzog.

»Ich habe ihn dir geschenkt, du kannst damit tun, was du willst.«

Darüber musste sie erst einmal nachdenken.

»Was hier im Heiligtum verkauft wird, ist für die Göttin bestimmt«, sagte sie ein wenig bedrückt. »Wenn ich den Pfau behalte, beleidige ich die Urmutter. Nein, Leon, ich bringe ihn zum Schatzhaus. Aber jedes Mal, wenn ich hier bin, kann ich ihn mir ansehen. Komm mit, ich kann ihn einfach nicht behalten.«

Auch als die Sonne schon im Meer versunken war und rosarotes Licht über dem Wasser hing, war das Fest im Heraion noch in vollem Gange. Leon war mit Phileia zum Strand gegangen, weit weg vom

Getümmel. Sie unterhielten sich über alltägliche Dinge, über seine Arbeit auf dem Land, über seinen Fischfang. Sie hörte aufmerksam zu. Ihre Welt war schließlich ganz anders. Für sie wurde alles von Sklaven erledigt. Wenn der Musik- und der Schreibunterricht, den sie jeden Tag im Palast bekam, vorbei war, schlenderte sie gerne durch die Stadt und zum Kriegshafen, wo in den großen Kaufmannshäusern ein paar Freundinnen wohnten. Oft langweilte sie sich auch.

Plötzlich war das Tageslicht verschwunden. Es kam Wind auf, der die Flammen im Heiligtum hinter ihnen hoch auflodern ließ. Erschrocken dachte Phileia plötzlich daran, dass ihre Eltern ohne sie heimgefahren sein könnten. Sie schaute sich in der Menge um und fragte einige Priester, ob jemand den Tyrannen hatte wegfahren sehen.

»Wenn sie schon fort sind, bringe ich dich zu Fuß nach Hause«, sagte Leon. »Du kannst in der Nacht nicht alleine nach Hause gehen!«

Aber Polykrates saß noch mit einigen hohen Gefolgsleuten und Priestern am Feuer. Er hatte mehr als üblich getrunken, was ihn in ungewöhnlich fröhliche Stimmung versetzt hatte. Vielleicht bekam Phileia darum keinen Ärger, als sie mit dem Fischerjungen an ihrer Seite aus der Dunkelheit auftauchte.

»Soso, wo hast du denn die ganze Zeit gesteckt? Wir wollten schon nach Hause.«

»Ich habe alle Wettkämpfe gesehen«, antwortete sie. »Und mit Leon, du weißt doch, der mit dem großen Fisch, mit dem habe ich Opfer für das Schatzhaus gekauft.«

Polykrates erkannte den Jungen. »Ach ja, der Fisch, der meinen Ring verschluckt hat, den mir die Götter wiedergegeben haben. Du siehst, ich trage ihn wieder!«

Im Schein der Flammen ließ er den großen Smaragd funkeln. Leon spürte, dass es Phileia fröstelte. Sie verabschiedete sich hastig von ihm.

»Danke für den schönen Tag. Kommst du ab und zu zum Hafendamm?«

Nachdem sie in den Wagen gestiegen war, der sie und ihre Eltern zum Palast zurückbrachte, stand er wieder unter dem Lygosbaum. Der Tyrann hatte sich mit keinem Wort seine Verwunderung darüber anmerken lassen, dass seine Tochter den ganzen Tag mit ihm zusammen gewesen war. Leon spürte, dass er sich in das schöne Mädchen verliebt hatte, aber auch, dass sie für ihn unerreichbar war. Kommst du ab und zu zum Hafendamm? hatte sie gefragt. Nicht: Kommst du noch ab und zu zum Palast? Trotzdem war er sich sicher, dass sie ihn mochte. Sie hatte ihm von ihrer Angst erzählt und er hatte gespürt, dass sie kurz erschauderte, als ihr Vater im Schein der Flammen den Ring funkeln ließ.

Langsam ging er nach Hause. Auch wenn es unmöglich schien, war er sich doch sicher, dass da etwas war, was sie verband, trotz des großen Standesunterschieds. Hinter einem der kleinen Tempel an der Heiligen Straße kreischte ein aufgeschreckter Pfau. Er erschrak, musste dann aber lächelnd an die kleine Figur denken, die sie sich noch oft ansehen wollte. Die Pfauen der Hera, hatten die nicht eine besondere Bedeutung?

Polykrates verstand es, seine Insel zu noch größerer Blüte zu bringen, und seine geschickte Politik bewirkte, dass ihm der persische Eroberungsdrang keine Schwierigkeiten machte. Phileia und Leon trafen sich hin und wieder auf dem Hafendamm, aber je älter sie wurden, desto größer schien auch der Abstand zwischen ihnen zu werden. Leon wusste sehr genau, dass dieser Abstand nicht zu überbrücken war. Als er den Eindruck bekam, dass sie ihm auswich, schlug er sich alle verwegenen Gedanken aus dem Kopf. Darum traf es ihn auch nicht so sehr, als er eines Tages in einer der Hafenschenken hörte, Phileia würde sich auf die Hochzeit mit einem Armeeführer ihres Vaters vorbereiten.

Am Vorabend ihrer Hochzeit, als Polykrates die Bewohner der Stadt zu einem großen Fest eingeladen hatte, sah sie ihn unverhofft in der Menge bei den großen Freudenfeuern. Für einen kurzen Moment trafen sich ihre Blicke. Dann war er in der Menge verschwunden. Für einen Augenblick war sie verwirrt. Die Erinnerung an ihre kurze Freundschaft und das Geheimnis, das sie mit ihm teilte, störte ihr Glücksgefühl. Der Traum, den sie geträumt hatte, nachdem Amasis das Freundschaftsband mit ihrem Vater zerschnitten hatte, stand ihr wieder so deutlich vor Augen, als hätte sie ihn erst letzte Nacht gehabt. Leon hatte sie getröstet, sie davon zu überzeugen versucht, dass Träume nicht wahr werden müssen. Und alles in allem sah sie nun auch ein, dass ihre Ängste, die sie keinem anderen als Leon anvertraut hatte, unbegründet gewesen waren. Auf allen Unternehmungen ihres Vaters schien die ungetrübte Gunst der Götter zu ruhen. Ach, nicht mehr an früher denken. Jetzt wurde ein Fest gefeiert, morgen begann ihr neues Leben. Sie würde eine Familie haben und glücklich werden. Ihr Freund von einst war eine schöne Erinnerung, mehr nicht.

DER AUFTRAG

Fünfzehn Jahre vergingen in Wohlstand und friedlicher Ruhe. Der junge Fischer, der beim letzten Licht der untergehenden Sonne auf einem umgekippten Boot saß und seine Netze reparierte, schaute auf, als er hinter sich Kieselsteine knirschen hörte.

»Guten Abend«, sagte eine leise Stimme.

Im Halbdunkel war die Stimme leichter zu erkennen als das Gesicht.

»Guten Abend, Herr«, antwortete der Fischer.

Er wusste, wer da zu ihm kam. Seit Jahren kannte er den Mann, der sich nun zu ihm setzte, aber seiner Stimme war die Überraschung anzumerken, als er fragte: »Was führt dich hierher, so spät am Abend?«

»Da ist etwas, worüber ich schon seit längerem mit dir reden möchte. Nun scheint mir der richtige Moment gekommen zu sein.«

Der Fischer war kaum älter als dreißig Jahre. Seit seiner Geburt hatte er im Haus seines Vaters in Kalamoi gelebt, von daher kannte er alle Leute aus den umliegenden Häusern. Als Kind hatte ihn sein Vater zu seinem Weinberg am Berghang neben dem Landgut des reichen Baumeisters mitgenommen. Seit dem Tod seiner Eltern wohnte er alleine in dem Haus. Er hatte den Weinberg verkauft und sich ausschließlich dem Fischfang gewidmet. Seitdem sah er den Baumeister und dessen Frau nur noch selten. Es blieb bei einem Gruß, wenn sie sich auf der Heiligen Straße oder in der Stadt begegneten.

»Was kann ich für dich tun, Herr«, fragte er höflich.

Die Wellen brachen sich am Strand. Das war das einzige Geräusch in der Stille des Abends. Da erschien über dem Meer die Mondsichel und sogleich begann in der Ferne ein Hund zu heulen. Das hallte weit durch den Abend.

»Wir reden nur noch selten miteinander und doch habe ich das Gefühl, dich gut zu kennen.«

Schweigen.

»Als dein Vater noch lebte, sah ich dich oft im Weinberg. Ich mochte deinen Vater. Er versorgte auch meine Weinstöcke und nahm dich oft zur Arbeit mit.«

Was für ein seltsames Gespräch, dachte der Fischer. Als wüsste ich das alles nicht selber. Aber er sagte nichts, denn er wusste, dass jedes Gespräch einen Einstieg brauchte und sein Besucher die passenden Worte suchte.

»Es ist schade, dass du das Stück Land am Hang verkauft hast, Leon. Ich habe jetzt zwei Sklaven, die meinen Weinberg bearbeiten, aber mir fehlen die Gespräche mit deinem Vater.«

Wolken schoben sich vor den Mond, so dass es plötzlich dunkel wurde.

»Seit dem Tod meiner Eltern muss ich alles alleine machen. Ich kann das Land nicht mehr bearbeiten.«

Hörte der Baumeister ihm überhaupt zu? Aus dem, was er nun sagte, konnte man nicht sicher darauf schließen. Aber die Dunkelheit des Abends ließ eine vertrauliche Atmosphäre entstehen und plötzlich kamen ihm die Wörter wie selbstverständlich von den Lippen.

»Du weißt, vor Jahren, du musst damals ungefähr vierzehn gewesen sein, ist mein Sohn Pythagoras in die Zwei Länder gegangen, um dort auf die Priesterschule zu gehen.«

»Ja, das weiß ich.«

»In all den Jahren, die er von Samos fort ist, haben wir nur ein einziges Lebenszeichen von ihm empfangen. Ein Seemann aus Naukratis sagte uns, er habe unseren Sohn getroffen und er sei von den Priesterschulen in Heliopolis und Mnofer abgewiesen worden und wolle einen Versuch in Tabai wagen.«

Schweigen. Als Kind hatte Leon den jungen Gelehrten hin und

wieder gesehen. Sein Vater Lysander hatte stets mit großem Respekt vom Sohn des Baumeisters gesprochen, der auf allen Gebieten so begabt sei. Aber seit Pythagoras von der Insel fortgegangen war, hatte Leon nicht mehr an ihn gedacht.

»Weißt du, wo Tabai liegt?«

»Nein, Herr.«

»Tabai liegt tief im Süden der Zwei Länder. Von Mnofer aus kann man es am besten über den Fluss Hapi erreichen. Aber ich weiß nicht, wie weit und wie gefährlich die Reise ist. Ich weiß nur, dass östlich und westlich des Hapi ein schmaler Streifen von fruchtbarem Land liegt und dahinter unendliche trockene Wüste. Es muss eine gefährliche Reise sein von Mnofer nach Tabai und ich weiß nicht, ob unser Sohn dort angekommen ist.«

Dem Fischer schossen die Gedanken kreuz und quer durch den Kopf. Warum erzählt der Baumeister Mnesarchos mir das alles? Worauf will er hinaus? In der Dunkelheit konnte Leon seine Verlegenheit verbergen.

»Mein Sohn konnte damals nur deshalb in die Zwei Länder reisen, weil der Tyrann mir die Erfüllung eines Wunsches schuldig war und ich ihn darum bat, meinem Sohn ein Empfehlungsschreiben an den Pharao der Zwei Länder mitzugeben. So konnte Pythagoras nach Kemi gehen, aber die Macht des Pharaos hatte ich überschätzt. Die Priester sind dort mächtiger als der Pharao und sie dulden keine Fremden unter sich. Also wurde mein Sohn von den ersten beiden Priesterschulen, bei denen er sich bewarb, abgewiesen. Seit Pharao Amasis dem Tyrannen Polykrates die Freundschaft aufgekündigt hat, hat nie wieder jemand etwas von dort gehört.«

Der Baumeister hielt inne und Leon fragte: »Aber in Naukratis an der Mündung des Hapi leben doch immer noch Leute aus Samos?«

»Ja. Aber die Ionier durften das Umland nie betreten. Der einzige Zweck dieser Niederlassung war die Förderung des Handels. Kein Ionier durfte sich in den Zwei Ländern frei bewegen. Das war so, bis der persische Herrscher Kyros starb und sein Sohn Kambyses den Thron übernahm. Kambyses wollte nur eins, die Ausbreitung der Macht des Persischen Reiches. Er hat sofort Kemi angegriffen. Und Polykrates, der Amasis immer noch böse ist, weil der ihm seinerzeit die Freundschaft gekündigt hat, unterstützt die Perser nun mit Schiffen und Hopliten. Nicht alle Berichte, die uns hier auf Samos erreichen, sind zuverlässig, aber nun scheint es doch sicher zu sein, dass Kambyses die Zwei Länder unterworfen hat. Die Macht von Kemi ist gebrochen. Ich habe nicht die geringste Ahnung, welche Folgen das für meinen Sohn gehabt hat. Ich weiß nicht einmal, ob Pythagoras den Einfall der Perser überlebt hat. Ich mache mir große Sorgen. Und da kam mir die Idee …«

Da er nun einmal so weit aus sich herausgegangen war, schien es Mnesarchos keine Überwindung mehr zu kosten, dem jungen Fischer seinen Plan zu erklären.

»Es ist nicht möglich, ohne Erlaubnis des Tyrannen die Insel zu verlassen. Aus dem Grunde kann ich unmöglich selbst nach Kemi, um meinen Sohn dort zu suchen. Da dachte ich an dich. Du bist als Fischer häufig auf See. Du könntest, vorausgesetzt du gehst darauf ein, in meinem Auftrag nach Naukratis fahren und dich dort nach meinem Sohn erkundigen. Naukratis ist immer noch eine Handelsniederlassung, in dem Ionier leben. Vielleicht ist da etwas über Pythagoras' Schicksal bekannt.«

Der Vorschlag kam so überraschend und war so ungewöhnlich, dass Leon nicht antworten konnte.

Der Schatten neben ihm sagte: »Selbstverständlich werde ich dich gut belohnen.«

»Warum fällt deine Wahl auf mich, Herr? Und wie sollte ich, ohne Verdacht zu erregen, wochenlang von Samos fernbleiben können?«

»Dein Vater war ein zuverlässiger Mann, nie hat er mein Vertrauen enttäuscht. Ich habe dich heranwachsen sehen. Auch du bist schweigsam, zuverlässig und tapfer. Und du bist ein hervorragender Seemann und das ist in diesem Fall sehr wichtig. Ich vertraue dir und bin deshalb mit meinem Plan zu dir gekommen, weil ich weiß, du wirst mit keinem Menschen auch nur ein Wort darüber reden.«

Er bittet mich nicht darum, er setzt einfach voraus, dass ich nicht darüber rede, dachte Leon einigermaßen verwundert. Auch wenn er sich nie um Politik kümmerte, sich kaum für die Intrigen der Inselregierung interessierte, wusste er nur zu gut, wie riskant es für den Baumeister war, hinter dem Rücken des Tyrannen ein solches Unternehmen zu wagen. Für den schweigsamen Leon war das Vertrauen des Baumeisters ein großes Kompliment. Aber er war vorsichtig genug, keine Zusage zu machen, bevor er nicht die ganze Sache von allen Seiten betrachtet und überdacht hatte.

»Ich weiß dein Vertrauen zu schätzen, Herr. Aber ich weiß noch nicht, ob ich auf diesen Vorschlag eingehen kann. Das alles ist so ungewöhnlich, dass ich die Sache erst einmal gründlich überdenken muss.«

Mnesarchos stand auf und streckte sich. »Mehr kann ich jetzt nicht erwarten«, sagte er. »Ich will ja auch nicht, dass du dich unüberlegt in ein so außergewöhnliches Abenteuer stürzt. Übrigens weiß ich ganz genau, wie du, ohne dass es auffällt, lange von Samos fortbleiben kannst. Aber darüber können wir später reden, dann wenn du an meinen weiteren Vorschlägen interessiert bist.«

Auch Leon war aufgestanden. Er sah das Lächeln nicht, das über das Gesicht des Baumeisters huschte, sondern nur die Hand, die ihm entgegengestreckt wurde.

»Ich habe mein Schicksal und das meiner Frau in deine Hände gelegt, Leon. Denk darüber nach. Und wenn deine Antwort nicht ein endgültiges Nein ist, warte dann übermorgen zur gleichen Zeit hier auf mich. Dann werden wir noch das eine oder andere zu überlegen haben. Bist du in zwei Tagen nicht hier, dann weiß ich, dass deine Antwort ein klares Nein ist.«

»Und in dem Falle kann ich mich überhaupt nicht mehr an unser Gespräch erinnern«, sagte Leon.

»Gute Nacht, Leon.«

»Gute Nach, Herr.«

Leon lauschte den sich entfernenden Schritten. Erst dann ging er in sein Häuschen.

Leon lag die halbe Nacht wach. Die Gedanken, die ihm durch den Kopf gingen, hatten seine Müdigkeit vertrieben. Hellwach zog der junge Fischer die Bilanz seines Lebens. Er besaß ein kleines Boot, mit dem er täglich auf Fischfang ging. Er fischte nun nicht mehr wie früher ausschließlich mit dem Spieß, denn er war auf große Fänge kleiner Fische angewiesen, und das war nur mit dem Netz zu schaffen. Ab und zu fing er zwar noch einen großen Fisch mit dem Spieß, aber davon allein hätte er nicht leben können. Das Boot, das sein Eigentum war, konnte von einem Mann bedient werden und da Leon am liebsten alleine arbeitete, war das ein Vorteil. Aber wenn er zu weiter entfernten Fischgründen hinausfuhr, nahm er oft einen fünfzehnjährigen Nachbarjungen mit, der ihm half. Vor kurzem hatte er an seinem nun doch auch schon alten Boot ein paar Schwachstellen entdeckt und da hatte der Nachbarjunge beiläufig gesagt: »Wird es nicht Zeit, dass du dich nach einem neuen Boot umsiehst? Das hier macht es nicht mehr lange.«

Ein neues Boot war teuer. Woher sollte er das Geld nehmen? Wie viele Jahre würde er dafür sparen müssen? Natürlich könnte er sich beim Besitzer eines großen Bootes einkaufen, aber dann wäre er nicht mehr unabhängig.

Ich werde dich gut belohnen! hatte Mnesarchos gesagt. Wofür gut belohnen? Auch für einen Fischer war es unmöglich, für längere Zeit von der Insel zu verschwinden. Wenn er nach Naukratis fahren würde, um etwas über Pythagoras zu erfahren, könnte das lange dauern. Wie lange? Vielleicht einen ganzen Monat. Vielleicht noch länger. Außerdem wusste Leon sehr genau, dass das ganze Unternehmen dem Tyrannen überhaupt nicht gefallen würde. Und es wäre sehr unvernünftig, sich den Zorn des Tyrannen zuzuziehen, denn in letzter Zeit hörte er immer öfter davon, wie unbarmherzig Polykrates mit Untertanen umging, die sein Missfallen erregt hatten. Alles in allem schien es ein riskantes Unternehmen zu sein. Und was sollte an diesem Abenteuer für ihn so verlockend sein? Er konnte sich nicht mehr gut genug an Pythagoras erinnern, um aus Mitleid mit seinem Schicksal das eigene Leben aufs Spiel zu setzen. Das große Vertrauen, das der Baumeister ihm entgegenbrachte, war allerdings ein wichtiger Punkt.

Undeutlich erinnerte sich Leon daran, dass auch sein Vater vertrauliche Gespräche mit dem Baumeister geführt und geheimnisvolle Aufträge für ihn erledigt hatte. Jeder wusste, dass der Tyrann die Aristokraten und Gelehrten scharf im Auge behielt, weil er ihnen misstraute und ihr Wissen und ihre Fähigkeiten fürchtete. Und wer einem Aristokraten bei einem Unternehmen half, das dem Tyrannen nicht in den Kram passte, musste mit schrecklichen Strafen rechnen. Sollte man so viel für eine Sache riskieren, die nicht einmal die eigene war?

Leon war zuverlässig und verschwiegen. Nie würde er verraten, was Mnesarchos mit ihm vertraulich besprochen hatte. Aber das hieß noch lange nicht, dass er ohne weiteres bereit wäre, sein Leben zu riskieren.

Mnesarchos war sehr reich. Was könnte in seinen Augen eine gute Belohnung sein? Leon dachte an sein Boot. Und daran, dass er nach und nach auch seine Netze erneuern müsste. Als er weiter über alles nachdachte, kam noch etwas hinzu: Leon war jung und neugierig. Reisen konnten nur die Reichen. Ein Fischer mit einem Einmannboot kam nicht weit herum. Naukratis im geheimnisvollen Kemi lockte irgendwie, hatten doch die Besatzungen der Samainas in den Hafenschenken schon viel Wunderliches davon erzählt.

Während sich Leon von der einen auf die andere Seite wälzte, stieg eine praktische Frage immer deutlicher in ihm auf: Wenn er ja sagen würde, wie sollte er dann nach Naukratis kommen? Doch nicht mit seinem kleinen, kaum noch seetüchtigen Boot? Mnesarchos schien dafür eine Lösung zu haben, die er ihm erst in einem weiteren Gespräch mitteilen wollte. Tausend Gedanken und unbeantwortete Fragen schossen Leon durch den Kopf. Am östlichen Horizont begann es schon heller zu werden, als er endlich in einen unruhigen Schlaf fiel.

Im großen Landhaus oben auf dem Hang lagen der Baumeister und seine Frau ebenfalls die halbe Nacht wach.

»Du hast ihm mit dem Gespräch aber viel Vertrauen geschenkt«, sagte Pythaida.

»Ich musste doch irgendwie einen Anfang machen. Er ist Lysanders Sohn, Frau.«

»Lysander hätte ich mein Leben anvertraut, aber ist der Sohn so wie der Vater?«

»Ich habe keine Wahl. Ich habe mich selten in einem Menschen getäuscht.«

»Das stimmt!«, gab sie zu. »Ich gehe morgen zum Heraion, ich werde ein Opfer bringen und Hera um ihre Gunst bitten.«

Am vereinbarten Ort und zur verabredeten Zeit traf Mnesarchos den jungen Fischer wieder. Ohne lange Vorrede kam er zur Sache:

»Im Hafen liegt gerade die Samaina 4, die wird mit Amphoren Wein und Öl und Honigfässern für Naukratis beladen. Nächste Woche läuft sie aus. Und da Polykrates den Persern für ihren Angriff auf Kemi eine Flottille zur Verfügung gestellt hat, hat die Samaina 4 jetzt das Problem, nicht genug Ruderer zu haben. Du musst dich als Ruderer melden, das ist die Chance, unbemerkt von Samos wegzukommen.«

»Und was genau soll ich in Naukratis tun?«

»Hör zu ...«

Obwohl am dunklen Strand weit und breit kein Mensch zu sehen war, rückte Mnesarchos auf dem mit dem Kiel nach oben liegenden Boot dichter an Leon heran und senkte die Stimme zum Flüsterton.

»Wenn du erst einmal in Naukratis bist, bleibt das Schiff dort tagelang liegen, um mit eingetauschten Gütern beladen zu werden. Du kannst die Zeit nutzen und dich umhören. Ich kann dir nicht sagen, wie du dabei vorgehen musst, weil ich die Verhältnisse dort nicht kenne. Du musst dich nach den dortigen Gegebenheiten richten.«

Der Fischer schwieg, um das, was er eben gehört hatte, zu überdenken, und der Baumeister erkannte, dass er nicht weiter auf ihn einreden durfte. Denn niemandem war damit gedient, dieses Unternehmen ohne reifliche Überlegung zu beginnen. Ein übereilter Schritt könnte für beide Seiten großes Unheil zur Folge haben.

»Ich weiß, du bist neugierig und möchtest gerne etwas von der Welt sehen. Aber ich muss dich auch warnen, denn dieses Unternehmen ist nicht ohne Gefahr. Ich weiß nicht, was dich in Kemi erwartet. Du kannst dort niemanden ins Vertrauen ziehen, du kannst dich mit niemandem beratschlagen. Wenn du zurückkommst, werde ich dich reich belohnen. Ich weiß, dass du ein neues Boot brauchst. Und ich glaube, ein neues Boot könnte eine gute Belohnung sein. Was hältst du davon?«

Leon wusste, dass der Baumeister reich war, doch dieses Versprechen übertraf seine kühnsten Erwartungen. Ein Boot, ein seetüchtiges Fischerboot für die Erledigung eines Auftrags! Außerdem würde er als Ruderer auf der Samaina gut verdienen. Alles in allem wurde das Angebot immer verlockender.

»Ich mache es!«

Mnesarchos atmete erleichtert auf. Ihm war zwar bewusst, dass sein Sohn schon umgekommen sein konnte, doch bot sich ihm nun die Möglichkeit, Gewissheit zu erlangen. Und alles war besser als die quälende Ungewissheit, die ständige Frage, ob es noch Hoffnung gebe.

Er hatte sich gut vorbereitet, sich überall umgehört und nun war alles einfacher als zunächst vermutet. Da die im Kriegshafen liegende Samaina 4 dringend Ruderer suchte, war das Risiko für Leon nicht sehr groß.

»Das geht in Ordnung. Wir müssen dann nur noch die Einzelheiten besprechen.«

Lange saßen die beiden Männer am Strand und sprachen über die Möglichkeiten und Risiken des Unternehmens. Leon gefiel der Auftrag immer mehr. Als sie sich endlich verabschiedeten, war alles bis in jede Einzelheit geklärt. Mit dem Bewusstsein, einen verlässlichen und tapferen Mann für die Aufgabe gefunden zu haben, konnten Mnesarchos und Pythaida in jener Nacht ruhig schlafen. In der Fischerhütte ließ sich Leon das Gespräch mit dem Baumeister noch einmal durch den Kopf gehen. Das Abenteuer lockte. War es ihm erst um seinen Vorteil gegangen, sah er nun auch die angenehmen Seiten des Unternehmens: eine lange Seereise an Bord eines der berühmten Schiffe des Polykrates, den guten Lohn als Ruderer und später mit einem neuen Boot die Aussicht auf eine Zukunft in Wohlstand, aber vor allem die Gelegenheit, dem Alltagstrott für einige Zeit zu entkommen und etwas von der Welt zu sehen. Er hatte ein aufregendes Abenteuer vor sich.

»Auf das Vaterland!«, rief der runzlige alte Mann, der ihm am wackligen Tisch in der Schenke gegenübersaß. Aufmunternd hob er seinen Becher Wein. Die kleinen wachen Augen im bärtigen Gesicht funkelten vergnügt. »Über zwanzig Jahre, das ist eine lange Zeit, Mann. Wenn man jung ist, meint man immer, woanders ist es besser, schöner und aufregender. Man macht alles Mögliche, weil man denkt, man könnte alles erreichen in der Welt. Aber schneller, als man denkt, ist man alt geworden und dann kommt die Sehnsucht nach dem Land der Jugend.«

Es war laut in der Schenke, doch in der dunklen Ecke herrschte beim spärlichen Licht einer Öllampe eine vertrauliche Atmosphäre. Sprach der alte Mann deshalb so zu dem jungen Ruderer über seine Heimatinsel? Oder hatte der Wein nachgeholfen?

Der junge Seemann war spendabel und der Alte hatte schon lange nicht mehr so viel in so kurzer Zeit getrunken.

»Warum bist du damals fortgegangen?«, fragte Leon, weil er unbedingt das Gespräch in Gang halten wollte. »Ging es dir so schlecht auf Samos?«

Der alte Mann nahm einen tüchtigen Schluck, stellte den Becher langsam wieder auf den Tisch und ließ eine ganze Weile verstreichen, bevor er antwortete. Als Leon schon glaubte, er habe seine Frage nicht verstanden, begann er zu reden.

»Weißt du, junger Freund, ich bin ein Mann, der seine Freiheit liebt. Mir ging es gut auf Samos. Da gibt es keine Armut, da fehlt es an nichts. Das war es nicht. Aber in jungen Jahren war ich ziemlich rebellisch. Ich hab am Hafendamm gearbeitet und gut verdient, aber ich war dem Tyrannen unangenehm aufgefallen. Sollte man lieber nicht tun, den Zorn eines Tyrannen wecken. Alle Arbeiter krochen vor ihm im Staub. Das konnte ich nicht vertragen. Ich machte immer spitze Bemerkungen darüber. Ich sagte, Polykrates geht über Leichen, wenn er was davon hat, und ich habe einmal zu laut gesagt, dass er sogar seinen eigenen Bruder hatte ermorden lassen, um alle Macht an sich zu reißen. Das war natürlich dumm von mir, aber ich hatte getrunken. Du weißt ja, wie das so geht. Da ist immer einer, der etwas für sich herausholen will und einen verrät. Na ja, da saß ich dann bald im Gefängnis.«

Leon konnte nur mit Mühe die Geduld aufbringen, sich die Lebensgeschichte seines Zechkumpans anzuhören. Die Becher waren leer, schnell schenkte er nach.

»Schon mal Gefangener von Polykrates gewesen?«

Verneinend schüttelte Leon den Kopf.

»Ach, ich will dich nicht mit Einzelheiten langweilen, aber ich kann dir sagen, ein Vergnügen ist das nicht, Gefangener des Tyrannen zu sein. Doch ich konnte fliehen und als blinder Passagier entkommen. Erst nach Alaschja und von da nach Naukratis. Hier hat es mir gefallen. Ich konnte unter Ioniern leben und brauchte meine Zunge nicht im Zaum zu halten. Natürlich gab es auch Nachteile. Ionier durften hier wohl leben, aber sie durften nicht aus Naukratis raus. Man bekam keine Erlaubnis, sich in Kemi umzusehen, und ich war doch neugierig und wollte wissen, was außerhalb von Naukratis los ist. Kurz und gut, ich bin hier hängen geblieben. Mir geht es nicht schlecht hier, aber da ich dich jetzt kennen gelernt habe, direkt aus Samos, packt mich wieder mal das Heimweh. Es wär mir schon was wert, auf Samos auf mein Ende zu warten, hoch oben im Ampelos.«

Leon wagte es. »Wenn du schon so lange hier lebst, dann hast du vielleicht auch einmal Pythagoras von Samos getroffen. Kannst du dich an den erinnern?«

»Pythagoras von Samos? Wann?«

»Vor ungefähr zwanzig Jahren.«

»Schon möglich. Ich hab in all den Jahren so viele Menschen kennen gelernt. Aber wenn er jemals hier war, ist er es jetzt bestimmt nicht mehr. Ich kenne viele Ionier in Naukratis, und die aus Samos, die kenne ich alle. War er Seemann oder Händler?«

»Weder noch. Er war ein Gelehrter, der in den Zwei Ländern studieren wollte.« Und enttäuscht fügte er hinzu: »Es wäre ja auch ein Zufall.«

»Moment ... ein Gelehrter, sagst du? Also ein Aristokrat. Nein, das ist zu hoch für mich. Ich hab nur mit Leuten wie du und ich zu tun. Aber vielleicht solltest du Arigone fragen. Arigone ist viel älter als ich.« Er lachte mit weit offenem, zahnlosem Mund. »Arigone ist auch aristokratischer Herkunft und ist immer sehr neugierig. Sprich doch mal mit ihr. Man kann nie wissen.«

Es dauerte lange und es kostete etliche Becher Wein, bis der Alte Leon erklärt hatte, wo er Arigone finden würde. Doch schließlich zahlte Leon und verließ den Mann, der volltrunken in seiner Ecke eingeschlafen war und die immer noch gerammelt volle Schenke. Unterwegs zu seinem Nachtquartier tröstete er sich mit dem Gedanken, dass sein erster Tag in Kemi doch nicht ganz erfolglos verlaufen war.

Das Haus stand in einem wunderschönen Garten mit Ahornbäumen und Dattelpalmen. Im Teich, der von Lotusblumen umgeben war, schnatterten Gänse. Papyrusstauden wiegten sich im warmen Wind. Langsam ging Leon die Allee entlang und die Treppe hinauf zur großen Halle. Die Wände waren mit Blumen und Vögeln in seltsam sanften Farben bemalt. Der Fußboden war aus glänzenden Marmorfliesen. Ein schwarzer Diener führte ihn über den Innenhof in einen Raum, in dem um einen langen Tisch aus Zedernholz mit Schnitzereien verzierte Stühle standen. Der Diener forderte Leon auf Platz zu nehmen und ging dann eine Treppe in den zweiten Stock hinauf.

Leon wartete. Er war beeindruckt von dem geschmackvoll und luxuriös eingerichteten Raum. Hier wohnte sie also, die alte Frau, die Arigone hieß und auf Samos geboren war. Ihrem prunkvollen Haus nach musste sie sehr reich sein. Es war ein wahrhaft fürstlicher Wohnsitz.

Er hörte, dass oben eine Tür geöffnet wurde. Sein Blick glitt über die Wandmalereien zum geschnitzten Treppengeländer. Eine kleine Frau kam die Treppe herunter. Sie war schmal und zerbrechlich, doch ihre aufrechte Haltung gab ihr ein würdiges Aussehen. Leon schätzte sie auf mindestens achtzig Jahre. Das schneeweiße Haar hatte sie mit juwelenbesetzten Nadeln hochgesteckt. Ein langes weißes Gewand aus weichem, durchschimmerndem Stoff umhüllte ihre schlanke Gestalt. Die Arme und das Gesicht waren von der Sonne gebräunt. Breite Goldarmbänder schmückten ihre schmalen Handgelenke und um den Hals trug sie eine schwere Kette aus goldenen Lotusblumen. In ihrem runzligen Gesicht funkelten unter nachgezogenen Augenbrauen zwei dunkelbraune lebendige Augen.

»Willkommen«, sagte sie mit hoher und trügerisch junger Stimme. »Wer von Samos kommt, ist willkommen in meinem Haus.«

Leon war aufgestanden, um eine leichte Verbeugung zu machen. Arigone gab ihm zu verstehen, dass er wieder Platz nehmen könne, und setzte sich selbst auf ein Sofa mit seidenen Kissen. Ohne einleitende Formalitäten begann sie eine Unterhaltung, als wäre er kein Fremder für sie, als würde sie ihn schon jahrelang kennen.

»Erzähle mir von Samos, sag mir, was du hier in Naukratis machst. Gibt es etwas, womit ich dir helfen kann?«

Da sie selbst das Gespräch so ungezwungen eröffnete, fiel es Leon nicht schwer, ihr von seinem Auftrag zu erzählen. Ab und zu unterbrach sie ihn mit einer Frage. Es stellte sich heraus, dass sie in ihrer Jugend Mnesarchos und Pythaida gut gekannt hatte. Sie hatte jung einen Schiffseigner aus Alaschja geheiratet und sich mit ihm in Naukratis niedergelassen, wo er als Kaufmann ein blühendes Geschäft aufgebaut hatte. Schon sehr bald war er zu einem der reichsten Männer von Naukratis geworden. Das Geschäft hatte sich enorm ausgedehnt, und als er vor einigen Jahren starb, wurde sie eine reiche Witwe.

»Pythagoras, slebstverständlich kenne ich den, er ist sogar mein Gast gewesen, vor ungefähr zwanzig Jahren, als er als junger Mann nach Kemi kam. Er wollte unbedingt an einer Priesterschule zugelassen werden, aber er war schon zweimal abgewiesen worden, bevor er zu uns kam. Er war davon überzeugt, bessere Chancen zu haben, wenn er nicht auf einen Dolmetscher angewiesen wäre, wenn er sein Anliegen selbst vortragen könnte. Da er schon zweimal abgewiesen worden war, hatte er nur noch eine Chance, und zwar in Tabai. Darum wollte er erst für einige Zeit in Naukratis bleiben, um hier die Sprache zu lernen. Drei Monate lang war er mein Gast. Kein Mensch lernt in drei Monaten eine ihm völlig fremde Sprache, aber er schaffte es. Ich habe nie einen ähnlichen jungen Mann kennen gelernt. Was er anpackte, das gelang. Was er sich in den Kopf setzte, das erreichte er. Ich bin fest davon überzeugt, dass es ihm gelungen ist, in Tabai zur Priesterschule zugelassen zu werden. Obwohl ich ihn nie wiedergesehen habe.«

»Aber wenn er all die Jahre in Kemi geblieben ist, ist es dann nicht seltsam, dass er nie wieder nach Naukratis kam?«, fragte Leon.

»Du kennst die Entfernungen hier nicht«, sagte sie. »Der Hapi ist so lang, dass niemand weiß, wo er entspringt. Und tief im Süden liegt Tabai. Am besten kommt man auf dem Fluss dorthin. Aber du weißt ja, Ausländer durften sich in den Zwei Ländern nicht frei bewegen. Pythagoras hatte ein besonderes Empfehlungsschreiben vom Pharao, damit konnte er nach Tabai. Aber das heißt noch nicht, dass er überall frei herumreisen konnte. Ich glaube, er ist die ganze Zeit dort in Tabai geblieben.«

Leon war klar, wie dürftig diese Auskunft war. Konnte er damit zurück nach Samos? Es musste doch eine Möglichkeit geben, mehr zu erfahren. Arigone klingelte den schwarzen Diener herbei. Sie ließ Getränke und Obst bringen und redete weiter wie ein Wasserfall. Leon war so sehr mit seinen Gedanken beschäftigt, dass er ihr nicht folgen konnte. Was sollte er anstellen, um seinen Auftrag zumindest einigermaßen zu erfüllen? Die Frau schien nicht einmal zu merken, dass er geistig abwesend war. Er zwang sich schließlich, ihr doch wieder zuzuhören.

»... noch nie einen so seltsamen Menschen kennen gelernt«, sagte sie nach einem Schluck vom Obstsaft, den der Diener gebracht hatte. »So jung er auch war, er hat mir mächtig imponiert. Er hatte sehr eigene Vorstellungen vom Sinn des Lebens. Weißt du, dass er an Seelenwanderung glaubte?«

»Was ist Seelenwanderung?«, fragte Leon. »Ich war noch ein Kind, als Pythagoras Samos verließ. Ich weiß eigentlich gar nichts von ihm.«

»Pythagoras war der Meinung, dass der Mensch nach seinem Tod in anderer Gestalt wiederkehrt. Darum hat er auch nie Fleisch gegessen.«

Leon verstand den Zusammenhang nicht und kam sich sehr unwissend vor. Aber er brauchte sich nicht mit einer Frage zu verraten, denn Arigone redete einfach weiter.

»Ich habe erlebt, dass er im Hafen den ganzen Fang eines Fischers kaufte und wieder ins Meer warf. Dazu sagte er, der Mensch könne auch als Fisch wiederkehren und darum dürfe man auch keinen Fisch essen.«

Arigone war offenbar froh, in dem Besucher aus Samos jemanden gefunden zu haben, mit dem sie über all das reden konnte, was sie selbst beschäftigte.

»In den Monaten, die er hier lebte, habe ich mich oft mit ihm unterhalten. Er war schon damals, trotz seiner Jugend, ein ganz besonderer Mann, ein Gelehrter, wie man nur selten einen trifft. Er war ein guter Mensch, ein Mensch mit vornehmer Gesinnung. Schon damals konnte man sehen, dass er auserwählt war, eine große Führerpersönlichkeit zu werden.«

Leon hörte aufmerksam zu, versuchte sich einzuprägen, was Arigone sagte, und machte ab und zu eine Bemerkung oder stellte eine Frage. Der Mann, über den er in Kemi etwas in Erfahrung bringen sollte und den er bisher kaum gekannt hatte, nahm langsam Gestalt an. Seine Hoffnung wuchs, seinen Auftrag doch noch wirklich erfüllen zu können.

»Kannst du mir sagen«, fiel er Arigone ins Wort, »wie ich dem Baumeister Mnesarchos Gewissheit über das Schicksal seines Sohnes verschaffen kann. Ich kann doch nicht einfach nach Samos heimkehren mit der Nachricht, dass er Gast deines Hauses war, dass aber seit zwanzig Jahren in Naukratis niemand mehr etwas von ihm gehört hat. Was soll ich tun?«

Die schmale Frau richtete sich auf. Sie schob die seidenen Kissen von sich und wurde plötzlich sehr lebhaft.

»Ich werde dir helfen«, sagte sie. »Du musst nach Tabai. Das ist die einzige Möglichlichkeit zu erfahren, ob Pythagoras noch lebt. Es ist ein gefährliches Abenteuer, aber ich helfe dir. Ich kenne hier Leute, Bürger von Kemi, die mir gewogen sind und die mir gerne einen Gefallen tun. Ich werde dir einen Führer besorgen, den Besitzer einer Feluke, der bestimmt nicht davor zurückschreckt, die lange Reise nach Tabai zu machen. Er spricht recht gut Ionisch und kann unterwegs dolmetschen. Über die Kosten brauchst du dir keine Sorgen zu machen. Ich tue Mnesarchos gerne einen Gefallen und ich bin reich genug. Lass mir Zeit. Komm übermorgen wieder, dann habe ich einen Plan gemacht. Du musst nach Tabai, das ist die einzige Möglichkeit.«

Er sah sie hilflos an. »Aber ich bin ein Ruderer der Samaina, die in einigen Tagen in See sticht. Die Reise nach Tabai kann sehr lange dauern. Wie soll ich das jemals erklären?«

Sie stand auf, ging zum Tisch und setzte sich ihm gegenüber auf einen eckigen Stuhl. Mit beschwörender Stimme sagte sie: »Gebrauche deine Phantasie. Seit Kambyses Kemi unterworfen hat, kann sich jedermann frei im Land bewegen, also auch du. Was die Samaina angeht, nun, die wird auch in See stechen, wenn du nicht rechtzeitig wieder an Bord bist. Eine Erklärung dafür kannst du dir dann später ausdenken. Du könntest ja überfallen worden sein, du könntest einen Unfall gehabt haben. Denk dir etwas aus. Niemand braucht zu wissen, dass du den Hapi hinaufgefahren bist. Junger Mann, es muss doch verlockend für dich sein, so eine Reise machen zu können. Es ist nicht ungefährlich, zugegeben, aber du bist jung und du wirst in eine Welt kommen, von der du bisher nur gehört hast. Die geheimnisvolle Welt von Tameh und Tares, die Stromlandschaft des Hapi. Du siehst die Tempel und die Häuser der Ewigkeit.«

Sie stand auf, ging im Zimmer auf und ab. Ihre schmalen Hände machten enthusiastische Gebärden. »Wenn ich nur jünger wäre! Ich habe mein Leben lang den Wunsch gehabt, den Hapi hinaufzufahren, Kemi zu sehen. Aber ich bekam keine Reiseerlaubnis. Jetzt ist es zu spät für mich. Ich bin eine alte Frau. So eine Reise geht über meine Kräfte. Aber dir, dir steht die Welt offen. Nutze die Chance, die dir geboten wird. Ich trage die Kosten und Mnesarchos wird dir dankbar sein, wenn du mit einer Nachricht heimkommst, mit der er etwas anfangen kann.«

Leon gab seine Bedenken auf. Sie hatte recht. Welcher Bürger von Samos bekam schon die Gelegenheit, die Geheimnisse von Kemi kennen zu lernen? Seine Blicke folgten der Frau, die unentwegt auf und ab durchs Zimmer ging. In ihrer Begeisterung, in der Art, wie sie ihm oder vielmehr ihrem alten Jugendfreund Mnesarchos behilflich sein wollte, wirkte sie jung, war ihr wahres Alter unbedeutend.

»Komm übermorgen wieder. Ich brauche einen Tag, um einiges zu regeln. Übermorgen gegen Mittag weiß ich mehr.«

Sie setzte sich wieder auf das Sofa mit den seidenen Kissen und im selben Augenblick war sie wieder die zerbrechliche alte Dame. Sie unterhielt sich noch lange mit ihm. Nun über ihre Jugendzeit, ihre Erinnerungen an Samos.

»Manchmal, junger Freund, habe ich eine ganz starke Sehnsucht nach Samos. Mir ist, als rieche ich die Düfte der blühenden Kräuter auf den Berghängen, als sähe ich die roten Kerzen der Kastanienbäume auf dem Hof meines Vaters, auf den Hängen des Kerkis. Als Kind bin ich oft in die riesige Platane hinter unserem Haus geklettert. Manchmal nahm mich mein Vater mit, wenn er zu den Gruben ging, in denen die Samos-Erde abgebaut wurde. Die führte man vor allem für Kosmetika und Heilmittel nach Kemi aus. All das vermisse ich und ich sehne mich immer mehr danach, je älter ich werde. Die Gerüche, die Farben, die grünen Wälder von Samos, die vielen Quellen und Wasserläufe. Ich habe sogar Sehnsucht nach den gewaltigen Regengüssen im Winter. Es ist ein Vorrecht, junger Mann, auf Samos geboren zu sein.«

»Aber«, er zögerte und fragte sich, ob es nicht ungehörig wäre, wenn er ihr widersprach, »du hast hier doch ein wunderschönes Haus. Und wenn du wirklich willst, kannst du doch zurück nach Samos.«

Sie lachte. »Du hältst mich für eine alte Nörglerin und du hast sogar recht! Ich habe ein wunderschönes Haus, mein Mann hat mir ein Vermögen hinterlassen. Ich bin die Letzte, die klagen darf. Aber wer Kastanienwälder und Platanen um sich herum gehabt hat, kann einmal plötzlich genug haben von Palmen. Alte Leute sehnen sich immer nach dem Land ihrer Jugend. Zurück nach Samos? Dafür bin ich zu alt. Alte Bäume soll man nicht verpflanzen. Außerdem muss ich mich um den Nachlass meines Mannes kümmern. Ich führe immer noch seine Geschäfte weiter. Nein, ich selbst kann mich nicht mehr auf die Reise machen. Nicht nach Samos und nicht den Hapi hinauf. Aber ich darf doch davon träumen? Und ich kann dir die Gelegenheit geben, es zu tun. Lass dir die Chance nicht entgehen!«

Sie wartete seine Antwort nicht ab. »Übermorgen, abgemacht? Ich muss mit ein paar Leuten reden, ein paar Dinge organisieren. Auf Wiedersehen. Es müsste schon wirklich alles schief gehen, wenn es uns nicht gelingen sollte, deinen Auftrag zu erfüllen.«

Leon fühlte sich, als wäre er in eine Stromschnelle geraten, als er zurück zu seiner Herberge im Hafen ging. Während er auf seiner Strohmatratze den unbekannten Geräuschen der Nacht lauschte, nahm Pythagoras für ihn zunehmend Gestalt an. Was er über den Unbekannten von Arigone gehört hatte, weckte sein Interesse für ihn. Die Bekanntschaft mit der alten Frau schien ihm eine Fügung der Götter zu sein. Leon musste die Chance nutzen.

Langsam arbeitete sich die kleine Feluke stromaufwärts. Da der Mann am Ruder, der ständig gegen den Strom lavieren und manchmal auch den Wind kreuzen musste, befürchtete, Leon könne dabei über Bord fallen, hatte er ihn angewiesen, sich auf den Boden der Feluke zu legen.

So früh am Morgen war es noch angenehm kühl. Das Schaukeln des Bootes machte schläfrig, obwohl an beiden Ufern so viel zu sehen war. Jetzt gibt es wirklich kein Zurück mehr, dachte Leon.

Von ihrer Terrasse mit Blick auf einen Nebenfluss des Hapi hatte Arigone ihm nachgewinkt, als er in der Feluke ihres Vertrauensmannes Emeni aus Naukratis hinaussegelte.

»Hera sei mit dir«, hatte sie gerufen, denn sie war der Göttin ihres Geburtslandes stets treu geblieben. »Gute Fahrt!«

So hatte die lange, lange Reise in den Süden begonnen. Würde er Naukratis, würde er Samos jemals wiedersehen?

Als sie von dem Nebenfluss auf den Hapi kamen, breitete sich vor Leons Augen eine wundersame Welt aus. Am Westufer ragten gewaltige, spitze Bauwerke in den strahlend blauen Himmel. Die Sonnenstrahlen brachen sich auf den blendend weißen Mauern. Das mussten die Häuser für die Ewigkeit sein, dem alten Heliopolis gegenüber. Emenis bis zu den Knöcheln reichende Gallabiya flatterte im Wind. Breitbeinig stand er auf bloßen Füßen wie festgewachsen im Boot.

In gebrochenem Ionisch versuchte er Leon das Besondere eines jeden Bauwerks zu erklären. Beide Ufer des breiten, saphirblauen Stromes leuchteten in frischem Grün. Auf den Feldern arbeiteten Männer in wallenden Gallabiyas, Wasserbüffel und Ochsen zogen Pflüge durch das Land, Frauen trugen große Wasserkrüge auf den Köpfen, Palmen rauschten im Wind und hier und da ließen sich Ibisse auf den eben bearbeiteten Feldern nieder. Die Boote, die sie überholten oder die ihnen entgegenkamen, waren alle vom gleichen Typ: große und kleine Feluken mit elegant gebogenem Mast und einem dreieckigen Segel daran.

Hinter den grünen Streifen fruchtbaren Landes ragten die gelben Sandsteinfelsen der Wüste empor.

»So weit Hapi über Ufer geht, alles grün«, versuchte Emeni zu erklären. »Hapi bringt Fruchtbarkeit. Sonst Wüste.«

Anfangs wunderte sich Leon über die vielen Tempel an den Ufern, die so ganz anders aussahen als das Heraion. Es waren Tempel mit enormen Säulen, viele von oben bis unten mit eingemeißelten Zeichen, seltsamen Verzierungen, kolossalen Statuen versehen. Ab und zu sah er kleine, einfache Dörfer mit viereckigen Häuschen aus getrocknetem Lehm. Wo die Straße dicht am Strom entlang lief, sah er Leute mit baumelnden Beinen auf Eseln reiten. Manche Menschen waren schwarz und fast alle grüßten freundlich das vorbeifahrende Boot. Die Hänge am Horizont waren gelblich braun. Dort, in der Wüste, schien alles Leben ausgestorben zu sein.

Gegen Abend legten sie an, um die Nacht an Land zu verbringen. Emeni machte ein Feuer und bereitete aus mitgenommenem Lammfleisch und getrockneten Datteln eine einfache Mahlzeit zu. Sobald die Sonne hinter dem Bergrücken unterging, die Schatten länger wurden und die Vögel ihre Schlafplätze gefunden hatten, kühlte es stark ab. Der nächtliche Wüstenwind war kalt. Immer wieder versuchte Leon Antwort auf die Fragen zu bekommen, die ihm durch den Kopf gingen. Emeni gab sich alle Mühe, aber ein richtiges Gespräch kam nicht in Gang.

»Emeni, die spitzen Häuser für die Ewigkeit, wer ist darin begraben?«

»Pharaonen, Söhne der Sonne.«

»Und die Priester und die einfachen Leute?«

»Priester in Mastabas, Felsengräbern.«

Leon hätte Emeni gerne einmal am Ruder abgelöst, doch er wurde abgewiesen.

»Du Seemann, ich Flussmann«, war die nicht unfreundliche aber sehr bestimmte Antwort.

»Ich und Fluss, wir kennen uns.«

»Wie viele Tage fahren wir bis Tabai?«

Emeni zog die Schultern hoch.

»Weiß nicht. Nie so weit gewesen.«

Manchmal legten sie abends bei einem der kleinen Dörfer an. Dann strömten die Leute aus den Lehmhütten herbei. Emeni tauschte einiges von seinen Vorräten gegen frische Früchte. Es war stets ein endloses Fordern und Bieten. Bis Emeni die Geduld verlor und mit ein paar barschen Worten die Leute zurechtwies und abschüttelte, als wären es lästige Fliegen.

Es fiel Leon auf, dass die Dorfbewohner ärmlich aussahen. Die meisten waren in Lumpen gehüllt und streckten mit ewig bettelnder Gebärde die Hände aus, auch wenn sie nichts zum Tausch anzubieten hatten.

»Bakschisch ... Bakschisch ...«

»Was wollen sie, Emeni? Was sagen sie?«

Der Schiffer machte eine abwertende Handbewegung.

»Bettler, Diebe und Bettler. Stehlen einem die Kleider vom Leib.«

Wenn man aus dem wohlhabenden Naukratis kam, dann waren diese Lehmdörfer eine ganz andere Welt. Leon merkte, dass Emeni gar nicht gern in so einem Dorf übernachten wollte. Wenn es irgendwie möglich war, suchte er ein Wäldchen, in dem sie mit dem Boot zwischen Sträuchern verborgen übernachten konnten.

Der Mensch gewöhnt sich schnell an eine andere Umgebung. Die vielen Tempel und großen Grabmonumente waren Leon nun schon vertraut, als sie am achten Tag gegen Abend nach einer scharfen Biegung in der Ferne die Konturen hoher Bauwerke sahen.

»Muss Tabai sein«, sagte Emeni.

In der Abenddämmerung bekam alles einen goldenen Glanz, nicht nur die aus Sandstein errichteten Tempel, sondern auch das Wasser des Hapi. Sie fuhren noch ein Stück stromaufwärts und sahen dann einige unglaublich hohe Tempel, denen gegenüber sie anlegten.

Merkwürdig – weit und breit war kein Mensch zu sehen. Nicht auf der Uferstraße und nicht bei den Tempeln. In der Ferne, weit hinter den Tempeln, stieg eine Rauchwolke in den Himmel, in der immer wieder eine rote Glut aufflackerte, erlosch und aufflackerte. Und über dem Wasser hing ein seltsamer Geruch wie von Holzfeuern. Auch Emeni hatte den Geruch in der Nase. Wachsam schaute er in alle Richtungen, bevor er an Land sprang und das Boot festmachte.

»Warum legst du nicht in Tabai an, Emeni?«

Die Antwort überraschte ihn nicht.

»Da etwas nicht in Ordnung, riecht komisch, keine Menschen, vorsichtig, morgen nachsehen. Brennt was, was Großes.«

In jener Nacht schliefen sie nicht an Land, sondern im Boot, und

Emeni bestand darauf, dass sie abwechselnd Wache hielten, für den Fall dass es gefährlich würde. Trotz der bedrohlichen Situation lag Leon, der die zweite Wache hatte, noch eine Weile wach im Boot und starrte hinauf zum dunkelblauen Himmel voller funkelnder Sterne. Er hatte das seltsame Gefühl, dass in dieser Nacht von allen Seiten Gefahr drohte, dass ihn Augen anstarrten. Aber vielleicht waren es auch die Strapazen der letzten Tage, die sich nun bemerkbar machten. Das Letzte, was er bewusst wahrnahm, waren die Umrisse von Emenis Kopf und Schultern. Emeni saß geduckt und unbeweglich im Boot und hielt Wache gegen eine unbekannte Gefahr.

Später löste Leon Emeni ab. Er saß im Boot, und obwohl er ab und zu vor Kälte bibberte, versuchte er angestrengt, in seiner Aufmerksamkeit nicht nachzulassen. Die Nacht war erfüllt von Geräuschen. Als sich der Himmel am östlichen Horizont zu verfärben begann und es langsam heller wurde, konnte er die Tempel am anderen Ufer besser erkennen. Noch bevor die Sonne über den Horizont stieg, veränderte sich die Umgebung: Man sah eine farbenfrohe Landschaft, einen blauen Fluss, grüne Felder und honigfarbene Bauwerke. Auch Emeni war aufgewacht. Beide starrten zum anderen Ufer, doch da rührte sich nichts. Nur die Luft war dort immer noch dunkler und ließ auf einen noch wütenden oder gerade erst erloschenen Brand schließen. Irgendwo in der Ferne heulte ein Hund. Das war das einzige Zeichen, das auf Leben hindeutete.

»Wir müssen ans andere Ufer«, drängte Leon. »Hier können wir nicht bleiben.«

Ihm schlug das Herz bis zum Hals. Er wusste genau, dass, falls in Tabai noch Menschen lebten, man sie von dort aus sehen konnte. Wenn sie auf dem Fluss blieben, umdrehten und in Richtung Naukratis stromabwärts führen, hätten sie von Land aus nicht viel zu fürchten. Aber sie waren ja mit einem Auftrag hierhergekommen. Auch konnten sie doch nicht einfach umkehren, ohne in Erfahrung gebracht zu haben, was in Tabai passiert war.

Ihre Aufmerksamkeit war so sehr auf das andere Ufer gerichtet, dass sie das Geräusch hinter sich nicht gleich bemerkten. Ein Stein rollte weg und gleich darauf noch einer. Mit einem Ruck drehten sich beide um.

Hinter einem Kaktusstrauch kam ein Mann hervor. Zögernd, als fürchtete auch er, überfallen zu werden. Doch was er sah, schien ihn zu beruhigen. Er hob die Hand zum Gruß. Leon und Emeni warteten, bis er auf ein paar Schritte herangekommen war. Dann sprach Emeni ihn in seiner Sprache an. Leon verstand kein Wort. Das Gespräch dauerte lange und wurde mit vielen Gesten untermalt. Der Mann deutete auf die Tempel, auf das Dorf. Dann auf die Berge hinter ihm. Während er sprach, trat noch jemand hinter dem Kaktusstrauch hervor und schließlich kamen ein paar Kinder zum Vorschein.

Emeni ließ den Mann reden und unterbrach ihn nicht. Für Leon dauerte es eine Ewigkeit, bis er sich umdrehte und ihm auf Ionisch erklärte, was er gerade gehört hatte.

»Überall Perser. Leute geflohen. Verstecken sich bei Königsgräbern …«

»Aber am anderen Ufer ist doch niemand zu sehen!«

»Perser wieder weg. Haben Dorf nicht kaputtgemacht. Auch nicht Tempel. Nur Priesterschule.«

Nun kamen immer mehr Leute zu ihnen ans Ufer. In dem Durcheinander dauerte es eine Weile, bis Leon begriff, was geschehen war. Als die Bewohner von Tabai die persischen Soldaten entdeckt hatten, waren sie Hals über Kopf über den Hapi geflohen, um sich in den Bergen bei den Königsgräbern in Sicherheit zu bringen. Wie sich später herausstellte, wäre das gar nicht nötig gewesen, denn den Persern ging es offensichtlich nur um die Priesterschule. Gestern, bevor die Feluke mit Emeni und Leon gekommen war, hatten die Bewohner von Tabai von ihren Verstecken aus gesehen, wie die Perser die Schule niederbrannten und die Priester abführten.

»Frage sie nach Pythagoras«, drängte Leon. »Wissen sie auch etwas über Pythagoras? Lebt er noch? War er dabei?«

Es dauerte wieder lange, bis Emeni Antwort auf seine Frage bekam.

»Unter den Priestern war ein Ionier, sagen sie.«

»Aber warum? Warum gerade die Priester?«

Er hatte kaum die Frage ausgesprochen, da wusste er auch schon die Antwort. Hatte man ihm nicht gesagt, dass in Kemi alle wissenschaflichen Aufgaben allein von Priestern erledigt wurden? Leon war auch ohne die Erklärungen Emenis klar, dass sich die Perser vor dem einfachen Volk nicht fürchteten, sondern nur vor den Priestern und Gelehrten. Sie hatten die berühmte Schule in Brand gesteckt und die großen Geister des Landes in ihre Gewalt gebracht. Und Pythagoras war unter ihnen!

Auf dem Rückweg nach Naukratis übernachteten sie immer nur am westlichen Ufer. Wenn noch persische Soldaten in der Nähe waren, dann sicher östlich des Hapi. Aber wie angestrengt sie auch Ausschau hielten, sie sahen nichts Außergewöhnliches. Dennoch trafen sie Vorsichtsmaßnahmen, um nicht im Schlaf überfallen zu werden.

In der zweiten Nacht konnte Leon nicht einschlafen. Ihm gingen die seltsamen Ereignisse der letzten Tage durch den Kopf. Seine Bemühungen waren vergebens gewesen. Er konnte Mnesarchos zwar berichten, Pythagoras habe zur Zeit des Überfalls der Perser noch gelebt, aber damit war ja keinesfalls gesagt, dass er jetzt noch lebte. Und wohin hatten die Perser die gefangenen Priester von Kemi gebracht? Es war kein erfreulicher Bericht, den er da auf Samos zu erstatten hatte.

Samos, wie kam er wieder nach Samos? Wie sollte er erklären, warum er einfach verschwunden war, als seine Samaina wieder in See stach? Seine Gedanken kehrten immer wieder zurück zu der alten Dame in dem großen Haus. Er rechnete auf sie. Sie würde eine glaubwürdige Geschichte erfinden und ihm aus seinen Schwierigkeiten helfen. Sie würde …

Ein ungewöhnliches Geräusch weckte Leon aus tiefem Schlaf. Es dauerte einen Augenblick, bis er wusste, wo er war. Am Ufer bewegten sich dunkle Schatten und plötzlich wurde ihm eine Hand auf den Mund gepresst. Als er versuchte, sich aufzurichten, spürte er den Druck eines Knies auf der Brust, das ihm jede Bewegung unmöglich machte. Da war ihm klar, dass sie überfallen worden waren. Noch einmal versuchte er verzweifelt aufzustehen. Eine Hand griff ihm an die Kehle. Räuber, durchfuhr es ihn, Wüstenräuber, keine Soldaten. Einer der Räuber versuchte ihm den Riemen abzunehmen, in dem er die Goldmünzen versteckt hatte, die Mnesarchos ihm für den Notfall mitgegeben hatte. Das Versteck, das er für sicher gehalten hatte, war ein Täschchen auf der Innenseite seines Gürtels.

Am Ufer, wo Emeni Wache hatte, wurde gekämpft. Leon konnte nicht erkennen, wie viele Männer sie überfallen hatten. Offenbar war nur einer ins Boot geklettert. Schreie am Ufer ließen vermuten, dass Emeni sich zur Wehr setzte. Der Druck des Knies auf der Brust ließ etwas nach, als der Räuber die Münzen ertastet hatte. Mit äußerster Anstrengung richtete Leon sich auf und biss dabei kräftig in die schmutzige Hand, die ihm am Schreien hinderte. Damit hatte der Mann nicht gerechnet. Er schrie auf vor Schmerzen. Sofort griff Leon ihm nach der Kehle und schlug ihm den Kopf auf den Bootsrand. Das genügte. Der Mann hing leblos in seinen Armen. Er ließ ihn liegen.

Darauf sprang er über Bord und eilte zu Emeni, der sich gegen zwei Angreifer wehrte. Eine Klinge blitzte auf. Leon kämpfte mit bloßen Händen, aber Emeni hatte seinen kurzen Dolch aus dem Gürtel ziehen können und stach damit auf den Angreifer ein, während Leon den anderen von hinten ansprang. Sie rollten über den sumpfigen Boden, mal war Leon oben, mal der Räuber. Doch dann traf Emenis Dolch genau im richtigen Moment. Sträucher raschelten und ein dritter Schatten verschwand in der Nacht.

Emeni stieß Leon wortlos ins Boot, wuchtete den dort liegenden Räuber über Bord und ließ ihn ins Wasser gleiten. Dann stieß er das Boot ab, und erst als sie mitten auf dem Strom waren, fand er Zeit für eine Erklärung. Was er sagte, bestätigte Leons Vermutung.

»Wüstenräuber, Gesindel, vier Mann, einer geflohen.«

Leon erschauderte. Er hatte noch nie einen Menschen getötet und er wusste, dass sein Gegner nur bewusstlos war, als Emeni ihn über Bord warf. Emeni schien es überhaupt nichts auszumachen, dass er seine Gegner getötet hatte. Er war an das harte Leben in der Wüste gewöhnt. Er wusste, dass es nur darauf ankam, wer zuerst zustach. Wer zögerte, war verloren.

Emeni hisste das Segel. Er sprach kaum ein Wort über das, was geschehen war. Fühlte er sich schuldig, weil er vor Müdigkeit kurz eingeschlafen war und darum die Räuber nicht hatte kommen hören?

»Auf Westufer viele Räuber«, mehr sagte er nicht.

Der Mond kam hinter einer Wolkenbank hervor. Von einem zum anderen Moment verwandelten sich der dunkle Strom und die drohenden Ufer in eine idyllische Landschaft mit einem silbrig glänzenden Hapi unter nachtblauem Himmel. Mitten auf dem Strom fuhr die schlanke Feluke stromabwärts. Unbeweglich stand Emeni am Ruder, die bloßen Füße wie üblich ins Boot gestemmt. Die graue Gallabiya flatterte im Wind. Er konnte nicht ahnen, welchen eigenartigen Zauber der Strom auf seinen Gefährten ausübte. Für ihn ging es nur ums Überleben, und das hieß, weder Opfer der persischen Soldaten auf dem Ostufer noch der Wüstenräuber auf dem Westufer zu werden.

»Heute nacht legen wir nicht mehr an«, sagte er.

DAS ENDE EINER EPOCHE

»Ohne Arigones Hilfe wäre es mir nie gelungen.« Im kühlen Haus des Baumeisters Mnesarchos erstattete Leon Bericht von seiner gefahrvollen Reise. Draußen flimmerte die Hitze über Samos. Es war die heißeste Stunde des Tages, aber er hatte nicht warten wollen und war sofort nach seiner Heimkehr zu seinem Auftraggeber geeilt. Natürlich waren Mnesarchos und Pythaida erleichtert zu hören, dass ihr Sohn Pythagoras wahrscheinlich noch lebte, aber seine Entführung machte ihnen große Sorgen.

»Ich wollte, ich hätte eine bessere Nachricht für euch«, sagte Leon seufzend. »Ich gebe euch die Goldmünzen wieder, die ihr mir für den Notfall gegeben habt. Ich habe sie nicht gebraucht, dank Arigones Hilfe.«

Arigone, ja, Mnesarchos konnte sich noch vage an sie erinnern. Als er noch ein Kind war, war sie mit seiner Mutter befreundet gewesen. Arigone hatte nicht nur dafür gesorgt, dass Leon nach Tabai hatte reisen können, durch ihre vielen Beziehungen im Hafen hatte sie es auch ermöglicht, dass er auf einem Handelsschiff, das nach Samos fuhr, anmustern konnte. Und sie hatte ihm eine glaubhafte Erklärung dafür verschafft, dass er die Abreise seiner Samaina versäumt hatte.

»Du bleibst einfach dabei, dass du ganz in der Nähe von Naukratis überfallen und einige Tage festgehalten worden bist. Als du dann im Hafen dein Schiff gesucht hast, war es schon abgefahren. Niemand kann das Gegenteil beweisen«, hatte sie gesagt. Der alten Dame schien es sehr viel Spaß zu machen, bei diesem nicht ganz ungefährlichen Unternehmen eine Rolle zu spielen.

»Wir können nur weiterhin auf die Gunst der Götter hoffen«, sagte Mnesarchos. »Morgen werden wir im Heraion ein Opfer darbringen.«

Leons Leben änderte sich nun. Obwohl er mit dem Verlauf seiner Mission selbst nicht zufrieden war, hatte Mnesarchos Wort gehalten und ihn mit einem seetüchtigen Boot belohnt. Da dieses Boot größer war als sein altes, musste er eine Hilfskraft einstellen. Seine Fänge wurden deutlich größer und ihm ging es zunehmend besser.

Durch die Stadt Samos schwirrten Gerüchte. Seit Polykrates die Perser bei ihrem Angriff auf Kemi mit vierzig Schiffen unterstützt hatte, schien seine Seemacht abzunehmen. In den Hafenschenken hieß es, Polykrates habe die vierzig Schiffe mit politischen Gegnern bemannt, die er auf diese Weise hatte loswerden wollen. Zwar war das einfache Volk immer noch auf seiner Seite, aber es wurde gemunkelt, dass man wegen der großen Bauunternehmungen schon den Boden seiner Schatzkiste durchschimmern sehen könne.

Leon hörte die Gerüchte, doch sie interessierten ihn kaum. Er wusste, dass vor allem die Aristokraten gegen den Tyrannen agierten, aber solange er selbst nicht in die Konflikte hineingezogen wurde, machte er sich keine Sorgen. Weit mehr betroffen war er davon, dass der Schwiegersohn des Polykrates, der Hoplitenhauptmann, den Phileia geheiratet hatte, im Kampf gefallen war. Obwohl er sie nie wieder gesehen hatte, erinnerte er sich noch gerne an das Mädchen aus seiner Jugend. Wie würde sie den Verlust tragen? Sie hatte inzwischen zwei Kinder, einen fünfzehnjährigen Jungen und ein zwölfjähriges Mädchen, und lebte weiterhin im Palast ihres Vaters. Es konnte ihr im Grunde an nichts fehlen. Doch musste sie einsam sein in dem großen Palast. Würde sie wieder heiraten?

Eines Tages, als Leon den Heratempel besuchte, sah er vor dem Schatzhaus am Ende der Heiligen Straße eine Gestalt, die ihm irgendwie bekannt vorkam. Die Frau kehrte ihm den Rücken zu. Leon blieb stehen. Was tat die Frau da? Als sie sich umdrehte, erkannte er sie. Sie war erwachsen geworden, das hübsche, gutgeschnittene

Gesicht von einst war nun gezeichnet von Kummer und Schmerz. Abwesend schaute sie zu Boden, nahm keine Notiz von dem Mann, der auf sie zu kam. Als er dicht vor ihr stand, schaute sie auf.

»Phileia!« sagte er. »Erkennst du mich nicht mehr?«

Als wären nicht zwanzig Jahre vergangen, seit sie mit ihm befreundet war, nahm sie den Faden wieder auf, wo sie ihn hatte fallen lassen.

»Weißt du noch, dass du für mich auf der Tonaia den Pfau gekauft hast? Sieh nur, er steht da noch wie damals, als ich ihn geopfert habe! Leon, was ist nicht alles geschehen in den Jahren!«

Es war still im Heiligtum. Als hätten sie sich verabredet, gingen sie zum Lygosbaum beim großen Altar und setzten sich dort in den Schatten. Dann begann sie zu erzählen. Schon bald wusste er, was in den zwanzig Jahren geschehen war. Ihre Ehe war nicht sehr glücklich gewesen. Ihren Mann hatte sie nur selten gesehen, denn er war dauernd unterwegs. Manchmal in Feldzügen auf dem Festland, dann wieder mit Piratenschiffen auf See. Umgeben von all dem Luxus, den der Palast ihr bieten konnte, hatte sie sich immer einsamer gefühlt. Ihre Mutter lebte nicht mehr und ihr fünfzehnjähriger Sohn hatte sich freiwillig zu den Hopliten gemeldet. Und letzte Nacht hatte sie einen Traum, der sie so beunruhigte, dass sie heute den langen Weg zum Heraion zu Fuß gegangen war, um im Heratempel Trost zu suchen.

»Der alte Traum, Leon, von dem ich dir schon vor vielen Jahren erzählt habe. Ich sah wieder meinen Vater zwischen Himmel und Erde hängen, mal gepeinigt von Regen und Unwetter, dann von Hitze und Durst. In meinem Traum war mein Vater tot. Es muss etwas zu bedeuten haben, dass der Traum zurückgekehrt ist, nach so vielen Jahren.«

Er wusste ihr nichts zu sagen, was sie hätte trösten können. Sie schien es auch gar nicht zu erwarten. Sie redete weiter, von Dingen, die außerhalb des Palastes eigentlich nicht bekannt werden durften. Über die großen Bauvorhaben ihres Vaters, die so viel Geld kosteten, dass er in Schwierigkeiten zu kommen drohte. Über die Probleme, die die Spartaner während Leons Abwesenheit gemacht hatten, als sie gekommen waren, um sich für den Raub des Panzerhemdes und des Kraters zu rächen. Vierzig Tage lang hatten sie die Stadt belagert, unterstützt von Korinthern und aus Samos geflohenen Gegnern des Tyrannen. Schließlich hatte Polykrates sie geschlagen. Doch hatte der Tyrann nicht mehr in allem eine glückliche Hand.

Leon sah, dass Phileia von ihm keine Antwort erwartete, dass sie nur einem Jugendfreund ihr Herz ausschütten wollte. Er verstand nichts von Politik. Was er darüber hörte, ging bei ihm zu einem Ohr hinein und zum anderen wieder hinaus. Jetzt begriff er einiges. Zum Beispiel das wechselhafte Verhältnis des Polykrates zu den Persern. Der Tyrann hatte den Überfall auf Kemi unterstützt, aber die von ihm bereitgestellten Schiffe waren mit seinen persönlichen Gegnern bemannt, damit er sie loswerden konnte. Da nun Ebbe in seiner Schatzkiste war, versuchte er, sein Verhältnis zu den Persern wieder zu verbessern. Irgendwie war das einleuchtend. Warum machte sich Phileia darüber so viel Sorgen?

»Ich habe gehört, das Orakel in Delphi hat das Ende meines Vaters prophezeit. Und weil ich jetzt wieder diesen Traum gehabt habe, habe ich Angst, Leon, Angst, dass etwas Schreckliches passiert.«

»Du musst öfter hierher kommen«, sagte er. »Nicht, dass ich dir helfen könnte, aber es tut dir vielleicht gut, darüber zu reden. Es gibt wenig Menschen, mit denen man über solche Dinge reden kann. Du kannst jederzeit zu mir kommen. Du weißt, du brauchst keine Angst zu haben, dass ich mit anderen drüber rede.«

Sie seufzte, stand auf und strich sich ihr langes Gewand glatt. Sie lächelte, aber ihre Augen blieben ernst. Sie fragte nicht, wie es ihm inzwischen ergangen war, was er in all den Jahren erlebt hatte, so, als spiele das keine Rolle.

»Wenn ich an Feiertagen hierher komme, bin ich immer in Gesellschaft. Dann kann ich mich nicht mit dir unterhalten. Aber ich komme wieder, alleine.«

Er nickte und war sich dabei der seltsamen Situation bewusst. Sie wollte nicht von ihm in die Stadt begleitet werden. Als sie sich verabschiedet hatten, schaute er ihr lange nach. Er konnte das Gefühl nicht loswerden, dass sie mit ihrer Angst recht hatte, dass etwas Schreckliches passieren würde.

Als es geschah, war Leon auf See. Erst als er wiederkam hörte er, dass Polykrates ermordet worden war. Nicht auf Samos, sondern auf dem Festland, auch nicht von seinen direkten Feinden, sondern von einem Mann, den er für seinen Freund gehalten hatte. Was wirklich passiert war, erfuhr er erst, als er Phileia, nach der er tagelang Ausschau gehalten hatte, beim Heiligtum traf. Sie war nur noch ein Schatten der Frau, die er gekannt hatte. Zögernd ging er auf sie zu.

»Phileia, ich habe die schreckliche Nachricht gehört. Möchtest du darüber sprechen?«

Sie ließ sich von ihm zu dem vertrauten Ort unter dem Lygosbaum führen. Es war schon später Nachmittag, das Heiligtum war fast menschenleer und in der fallenden Abenddämmerung schüttete sie ihm ihr Herz aus.

»Kambyses, der König der Perser, ist schon lange krank, darum hat mein Vater in letzter Zeit viel mit seinem Statthalter zu tun gehabt, dem Satrapen Oroites. Und der wusste, dass mein Vater für seine großen Bauvorhaben und die Festigung der Seemacht von Samos Gold brauchte.«

Auch jetzt, da sie Leon die Geschehnisse der vergangenen schrecklichen Wochen zu erklären versuchte, kamen ihr wieder die Tränen. Leon wusste, wie sehr Phileia ihren Vater geliebt hatte. Er bedrängte sie nicht mit Fragen, sondern wartete, bis sie weitererzählen konnte.

»Vater hatte Oroites nie persönlich kennen gelernt. Ich habe jetzt gehört, dass Oroites meinen Vater schon lange mit Argwohn beobachtet hatte, weil er es verstand, die Unabhängigkeit von Samos zu bewahren. Und ich habe gehört, dass Oroites von einem guten Freund verspottet wurde, weil es ihm, Oroites, nie gelungen war, Samos dem Persischen Reich zu unterwerfen, obwohl er doch genau gegenüber lebt und die Insel von seinem Palast aus sehen kann. Da hat Oroites meinen Vater unter dem Vorwand, er wolle ihm mit Gold aushelfen, nach Mykale gelockt.«

Wolken zogen vor den Mond und verdunkelten die Sicht aufs Meer. Wind kam auf. Leon legte Phileia seinen Mantel um die Schultern. Er spürte, dass sie zitterte.

»Kuriere von Oroites übermittelten meinem Vater, er könne von den Persern viel Gold bekommen. Oroites lud meinen Vater nach Mykale ein. Ich beschwor ihn, nicht hinzugehen. Nicht nur ich, auch seine Wahrsager hatten ihn gewarnt. Eigentlich waren wir alle davon überzeugt, dass das Angebot zu schön war, um wahr zu sein, dass die Sache einen Haken hatte. Aber du weißt ja, wie Vater war. Er hörte nicht auf uns. Er musste immer seinen Kopf durchsetzen, nahm nie von anderen einen Rat an. Und er brauchte Gold, brauchte es dringend. Ich erinnerte ihn daran, was Amasis ihm geschrieben hatte, als er die Freundschaft aufkündigte. Das nannte er Altweibergeschwätz. Nein, Leon, da war nichts zu machen. Er ging. Er setzte nach Mykale über und der Verräter Oroites hat ihn ermordet.«

Wieder begann sie zu schluchzen und wieder ließ er sie schweigend gewähren. Immer wieder von Schluchzern unterbrochen stieß sie stockend hervor: »Sie haben ihn gekreuzigt, Leon, sie haben ihn gekreuzigt!«

Der Traum, den sie zweimal geträumt hatte! Der Traum, in dem sie ihren Vater zwischen Himmel und Erde hatte hängen sehen, mal von der brennenden Sonne gequält, dann wieder von strömendem Regen. Polykrates war zugrunde gegangen, wie es das Orakel von Delphi vorhergesagt hatte, wie es Amasis vorhergesagt hatte, als das Opfer des Tyrannen im Bauch eines Fisches wiedergefunden wurde, und wie Phileia sein Ende geträumt hatte. Er war ein harter und unbequemer Mann gewesen, aber zu seinem Volk war er gut gewesen, und er hatte Samos groß gemacht. Ein so schmachvolles Ende durch die Hand eines Verräters hatte er nicht verdient.

Lange saßen sie nebeneinander in der dunklen Nacht. Schließlich stand sie auf, um zum Palast zurückzugehen. Er begleitete sie über die Heilige Straße. Als sie die Stadtmauer erreichten, wollte sie, dass er umkehrte.

»Wie soll es nun mit dir weitergehen?«, fragte er. Sie antwortete nicht. »Phileia, du weißt, du kannst jederzeit zu mir kommen. Ich habe seit kurzem ein viel größeres Haus. Es geht mir gut, ich kann für dich sorgen.«

Während er ihr das sagte, wurde ihm bewusst, wie unpassend sein Angebot in diesem Moment war. Aber er wollte doch nur, dass sie sich in dem großen Palast nicht völlig alleingelassen fühlte.

Phileia ging nicht darauf ein. »Geh nun, Leon, ich bin gleich zu Hause.«

Zu Hause, hatte sie gesagt. Begriff sie nicht, dass der Palast nach dem Untergang ihres Vaters eigentlich kein Zuhause mehr für sie sein konnte? Was würde mit der Familie des Tyrannen geschehen? Wer würde sein Nachfolger werden und wie würde der Phileia behandeln? Das alles schien noch nicht zu ihr durchgedrungen zu sein, aber er dachte weiter und sah große Schwierigkeiten auf sie zukommen.

»Ich werde immer für dich da sein, Phileia. Für dich und die Kinder.«

»Ich danke dir, Leon«, sagte sie. Dann verschwand sie hinter der Stadtmauer. Mit dem Vorgefühl heraufziehenden Unheils und der Gewissheit, dass eine Ära zu Ende war, ging er zurück nach Kalamoi. Die Zukunft war voller Unsicherheiten.

Das Verhältnis zwischen Polykrates und den Persern war merkwürdig gewesen. Nie hatte er die Absicht gehabt, seine Macht auf das Festland auszudehnen, obwohl er hin und wieder die Küste überfiel. Doch diese Überfälle waren nur Piraterie, dienten dazu, reiche Beute zu machen, und nicht dazu, dort eine Machtposition aufzubauen.

Polykrates hatte sich das eine Mal den Persern in den Weg gestellt, ein andermal hatte er sie unterstützt. Aber es war ihm stets gelungen, die Unabhängigkeit von Samos zu bewahren. Und er hatte dafür gesorgt, dass seine Insel ein Zentrum der Seemacht, der Kunst und der Kultur wurde.

Nach seinem Tod kam Unruhe auf. Polykrates' Sekretär, Maiandrios, war sein Nachfolger. Dieser neue Tyrann war beim Volk nicht beliebt. Er blieb auch nur kurze Zeit an der Macht, und als er starb, kursierten über seine Nachfolge die wildesten Gerüchte. Phileia hörte kaum etwas davon. Sie lebte zurückgezogen, verließ nur noch selten den Palast. Ihr einziger Halt inmitten der Intrigen ihrer Umgebung war ihre Tochter Parthenia. Wem konnte sie in diesem Chaos noch vertrauen? Diener, die sich früher vor ihr in den Staub geworfen hatten, traten ihr gegenüber nun ziemlich unverschämt auf. Es wurde über sie geflüstert. Wenn sie kam, wurden Gespräche abrupt beendet. Nur Kreofyli, die treue Sklavin, die sie schon umsorgt hatte, als sie noch ein Kind war, war ihr nach wie vor ergeben.

Eines Mittags trödelte Kreofyli auffallend lange herum, nachdem sie den Tisch abgeräumt hatte. Als dann die anderen Sklaven den Raum verlassen hatten, kniete sie neben Phileias Stuhl nieder. Sie wollte etwas sagen, wusste aber nicht, wie sie anfangen sollte.

»Was ist denn, Kreofyli?«

»Herrin«, flüsterte die alte Frau, »ich muss dich warnen. Du bist in Gefahr.«

»Ich? Warum, Kreofyli? Was meinst du?«

»Hast du das Gerücht nicht gehört? Hat dir niemand etwas gesagt?«

Phileia hatte nichts gehört. Sie lebte zurückgezogen. Sie suchte keinen Kontakt zu anderen Palastbewohnern. Ein Tag glich dem anderen; sie ließ sich treiben wie ein Blatt im Wind. Die Worte der Sklavin trafen sie nun wie ein Keulenschlag. Sie wollte wissen, was im Gange war. Zu lange hatte sie sich von der Welt um sie herum abgekapselt.

Kreofyli begann hastig zu reden, wobei sie immer wieder ängstlich zur Tür schaute, ob auch niemand hereinkäme.

»In der Stadt sagt man, dein Onkel Syloson, den dein Vater vertrieben hat, soll der neue Tyrann von Samos werden. Man sagt, er sei schon hierher unterwegs und wolle sich rächen für das, was sein Bruder ihm angetan hat. Es heißt, er will dich als Sklavin verkaufen.«

Sprach Kreofyli die Wahrheit? Es war nicht wahrscheinlich, dass sie ihrer Herrin unnötig Angst machen wollte.

Langsam wurde Phileia klar, in welcher schrecklichen Situation sie sich befand. Wenn Syloson nach Samos käme, hinge ihr Leben tatsächlich am seidenen Faden. Ihr Leben und das ihrer Tochter. Um ihren Sohn brauchte sie sich keine Sorgen zu machen, der war mit den Hopliten irgendwo auf See. Was sollte sie tun, um sich selbst und ihre Tochter zu schützen? Kreofyli wusste, dass auch sie in Gefahr war, wenn der neue Herrscher erfuhr, dass sie Phileia gewarnt hatte. Aber sie war eine treue Dienerin und wollte ein Unheil abwenden.

»Du musst fort, Herrin. Noch heute Nacht. Syloson kann jeden Augenblick ankommen. Er steht in der Gunst des Perserkönigs. Er liefert Samos den Persern aus und wird sich persönlich an der Tochter seines Bruders Polykrates rächen.«

Phileia war es nicht gewöhnt, schnelle Entscheidungen zu treffen. Noch heute Nacht, hatte die Sklavin gesagt. Aber wohin sollte sie?

Neben ihr flüsterte die alte Frau: »Es wird eine dunkle Nacht. Der Mond steht im ersten Viertel. Du musst nach der Mittagsruhe mit Parthenia zum Apollontempel gehen. Warte dort, bis niemand mehr im Tempel ist und geh dann zu der verfallenen Hütte dahinter. Da werde ich mit ein paar Kleidern auf dich warten. Wenn die Stadt schläft, bringe ich dich fort. Du musst ungesehen aus der Stadt, aber du kannst nicht durch das Tor. Ich bringe dich zum Tunnel.«

»Aber Kreofyli, wo soll ich denn hin?«

»Zu Leon«, flüsterte die Sklavin, »dem Fischer in Kalamoi. Er wird dich aufnehmen. Und niemand sucht die Tochter des Polykrates in einer Fischerhütte in Kalamoi. Ich kenne einen Schleichweg vom Apollontempel durch das Gebüsch zum Tunnel. Du musst neben der Wasserrinne durch den Tunnel zur anderen Seite des Berges gehen. Das ist ein großer Umweg, erst durch den Tunnel und dann auf der anderen Seite zur Küste nach Kalamoi. Aber das ist die einzige Möglichkeit. So kannst du die Stadt verlassen, ohne gesehen zu werden. Wenn Syloson kommt und dich hier nicht findet, lässt er dich suchen. Aber er wird es bald aufgeben, denn er wird sehr viel zu tun haben.«

Die Sklavin schien an alles gedacht zu haben. Phileia gab sich geschlagen.

»Ich tue, was du sagst, Kreofyli. Ich danke dir, dass du mir helfen willst. Du hast recht, sobald Syloson hier ist, sind wir keinen Moment mehr sicher.«

»Gehe jetzt auf dein Zimmer, Herrin. Wenn die Stadt schläft, triffst du mich beim Tempel. Hab keine Angst, ich bringe dich fort. Und in Kalamoi wird dich niemand suchen.«

Wie ein Schatten huschte die alte Frau hinaus. Phileia blieb noch einen Augenblick alleine im großen Speisesaal. Dann stand sie auf, um ihre Tochter zu suchen. Der Gedanke an Parthenia und die Gefahr, in der das Kind schwebte, weckte sie aus ihrer Lethargie. Ihr ging die Frage durch den Kopf, woher Kreofyli wissen konnte, dass Leon ihr seinen Schutz angeboten hatte. Sie konnte sich nicht erinnern, mit jemandem darüber gesprochen zu haben. Die alte Frau, die seit ihrer Geburt für sie gesorgt hatte, wusste mehr von ihr, als sie je gedacht hätte. Mit großer Dankbarkeit dachte Phileia daran, dass Kreofyli ihr eigenes Leben in Gefahr brachte, um ihr und Parthenia zur Flucht zu verhelfen. Bei so viel Mut durfte sie selbst nicht passiv bleiben.

Mattigkeit und Gleichgültigkeit fielen von ihr ab, ihr Lebenswille gewann wieder die Oberhand. Sie würde Syloson die Rache nicht gönnen. Und sie baute darauf, dass Kreofyli wusste, was sie tat. Sie zweifelte keinen Moment dran, dass Leons Versprechen noch galt. »Du kannst immer zu mir kommen«, hatte er gesagt. Leon war ihre einzig mögliche Rettung.

Kreofyli hatte alles genau durchdacht und gut vorbereitet. Die Nacht war dunkel, immer wieder schoben sich Wolkenbänke vor die schmale Mondsichel. Phileia und Parthenia warteten, bis niemand mehr im Apollontempel war und sie auf der Straße zum Tempel nichts mehr hörten. Dann schlichen sie sich zu der verfallenen Hütte, die hinter dem Tempel etwas höher am Hang lag. Die alte Sklavin wartete schon auf sie. Sie hatte einen Korb mit Kleidungsstücken und persönlichen Dingen ihrer Herrin mitgebracht, ja, sie hatte sogar an Verpflegung für unterwegs gedacht.

»Mehr konnte ich unbemerkt nicht mitnehmen«, flüsterte sie. »Wasser gibt es im Tunnel genug. Ihr braucht dort im Berg auch

Fackeln. Ich glaube nicht, dass jemand gemerkt hat, dass ich die genommen habe.«

Sie führte die beiden Fliehenden über einen sich windenden Trampelpfad durch dichte Sträucher höher den Berg hinauf. Wenn für einen Moment die Wolken vor dem Mond verschwanden, waren über ihnen die Konturen der Stadtmauer zu erkennen, die Polykrates auf dem Bergkamm hatte bauen lassen. Hier und da stieg aus den Sträuchern ein aus dem Schlaf aufgeschreckter Vogel auf. Parthenia erschrak über zwei grell aufleuchtende Augen, doch die Sklavin beruhigte sie: »Ein Fuchs, vor dem man keine Angst zu haben braucht. Hierher kommt kein Mensch.«

Die Entfernung zwischen der Stadt und dem Eingang des Tunnels schien dreimal so groß zu sein, wie sie in Wirklichkeit war. Zweige schlugen ihnen ins Gesicht, Dornen verhakten sich in ihren Kleidern. Als die Wolken sich für einen Moment verzogen, sahen sie im fahlen Licht der Mondsichel unter sich das gespenstisch leere Theater. Es war eine richtige Erleichterung, als das Geräusch des plätschernden Wassers zumindest das Ende dieser Mühsal ankündigte.

Kreofyli nahm Phileias Hand. »Hier muss ich dich verlassen, Herrin. Ich bringe dich noch in den Tunnel, um die Fackel anzustecken. Parthenia muss den Korb und die zweite Fackel tragen. Aber steckt die erst an, wenn die erste abgebrannt ist. Du musst in Kalamoi sein, bevor die Sonne aufgeht. Es darf dich niemand sehen.«

»Wir bringen Leon in Gefahr«, flüsterte Phileia. »Sollte ich nicht besser zum Hera-Heiligtum gehen? Im Heraion genießt man Asylrecht, da darf uns doch niemand etwas tun?«

Kreofyli drängte die Fliehenden in den Tunnel und zündete die Fackel an. Sie antwortete erst, als die kleine Flamme aufloderte.

»Es wäre nicht das erste Mal, dass das Asylrecht im Heraion geschändet würde. Die Perser haben keine Ehrfurcht vor der Göttin, Syloson also auch nicht. Niemand darf wissen, wo du bist. Glaube mir, Syloson wird nicht lange nach dir suchen. In ein paar Monden hat er dich vergessen. Solange darfst du dich nirgends sehen lassen. Vor drei Nächten habe ich Leon in Kalamoi besucht und ihn um

Hilfe gebeten. Er erwartet dich. Geht nun, der Tunnel ist lang.«

Phileia ergriff die Hände der Sklavin. »Es möge dir gut ergehen, Kreofyli. Ich werde dir immer dankbar sein, ich werde …« Ihr liefen Tränen über das Gesicht, so dass sie nicht weitersprechen konnte.

»Die Göttin beschütze euch beide«, flüsterte die Sklavin. Dann war sie in der Dunkelheit verschwunden.

»Komm, Parthenia, wir müssen weiter.«

Über den steinigen Boden stolpernd machten sie sich auf den Weg. Das flackernde Licht der Fackel zeichnete bizarre Schatten an die Wände. Der Gehweg neben dem fließenden Wasser war schmal. Sie mussten hintereinander gehen und stets aufpassen, sich nicht den Kopf zu stoßen. An den Wänden waren rote Zeichen, die die Abstände angaben, und hin und wieder auch die Namen der Tunnelgräber. Phileia versuchte daran abzulesen, wie lange sie noch durchzuhalten hatten. Ohne ein Wort zu sagen folgte Parthenia ihrer Mutter. Ihr war die Gefahr noch nicht völlig bewusst. Mit dem Verstand ihrer zwölf Jahre war diese nächtliche Wanderung ein gruseliges, aber auch spannendes Abenteuer. Doch als sie müde wurde, machte es ihr keinen Spaß mehr.

»Wie lange noch? Ich kann nicht mehr.«

»Noch zwei Stadien«, hörte sie ihre Mutter sagen, »dann sind wir wieder an der frischen Luft.«

Im selben Moment stieß Parthenia einen schrillen Schrei aus, der von den Wänden echote. Sie ließ den Korb und die zweite Fackel fallen und schlug die Hände vors Gesicht. Phileia spürte, wie ihr der Angstschweiß ausbrach.

»Was ist denn?«

»Ein Geist«, schluchzte Parthenia. »Da … ein Geist!«

Groteske Schatten tanzten an der Wand und entfernten sich. Es dauerte eine Weile, bis Phileia ihre Tochter davon überzeugt hatte, dass sie sich über eine Fledermaus erschrocken hatte. Todmüde erreichten sie das Ende des Tunnels. Der lange Weg durch den Berg hatte Phileia das Zeitgefühl genommen. Zu ihrer großen Erleichterung war es draußen immer noch stockdunkel.

»Einen Moment ausruhen«, jammerte Parthenia. »Ich bin so müde, ich muss mich ausruhen!«

Phileia wollte keinen Augenblick Zeit verlieren. »Du kannst schon bald mondelang ausruhen, aber nicht jetzt! Wir haben noch einen langen Weg vor uns. Bald wird es hell und niemand darf uns sehen.«

Der Himmel begann sich im Osten schon zu verfärben, als Leon von einem ungewohnten Geräusch aus dem Schlaf gerissen wurde. Sein neues Haus stand am Rande der kleinen Siedlung dicht am Meer. Er war an die Geräusche der Brandung, des Windes und der über den Strand rollenden Kieselsteine gewöhnt. Dies war ein anderes Geräusch. Schlaftrunken taumelte er zur Tür. Mit einem Schlag war er hellwach und brauchte auch keine Erklärung, als er die völlig erschöpften Flüchtlinge sah.

»Phileia«, sagte er, »ich wusste, du würdest eines Tages kommen. Sei willkommen in meinem Haus.«

PYTHAGORAS

Der Freund ist das andere Ich.

Pythagoras (570–470 v. Chr.)

DIE HEIMKEHR

Der weißgekleidete Mann am Hafenpier von Milet war eine auffallende Erscheinung. In dem großen Durcheinander der verschiedensten Waren, die von schwitzenden Hafenarbeitern geladen und gelöscht wurden, fiel seine große, hagere Gestalt, seine makellose Kleidung, sein kleiner Spitzbart und sein gepflegtes Haar deutlich auf. Langsam suchte er sich durch die Stapel und Ballen seinen Weg, wobei sein Blick über die festgemachten Schiffe und Boote glitt. Ein junger Seemann mit einem schweren Korb auf den Schultern wäre beinahe mit ihm zusammengestoßen. Erschrocken stellte er den Korb auf die Erde und schaute irritiert den Mann an, der ganz offensichtlich nicht in den Hafen gehörte.

»Suchst du etwas?«, fragte er keck aber nicht herausfordernd.

»Ich suche ein Schiff nach Samos, ich muss hinüber.«

Der Mann sprach das Ionische mit überdeutlicher Betonung, so als hätte er die Sprache lange nicht gesprochen.

»Am Ende des Kais, wo die Eselskarawane steht, ist ein kleines Schiff, das nach Samos fährt, keine Samaina.«

»Ich danke dir.«

Der Seemann bückte sich und hob sich den Korb wieder auf die Schulter. Der weißgekleidete Mann verschwand in der angegebenen Richtung.

Leon hatte aus Kalamoi eine Ladung Samos-Erde nach Milet gebracht und schaute zu, wie die Kisten auf einige Esel geladen wurden. Er hatte noch keine Fracht für die Heimfahrt finden können und dachte daran, den Hafenmeister um Rat zu fragen, da sah auch er die

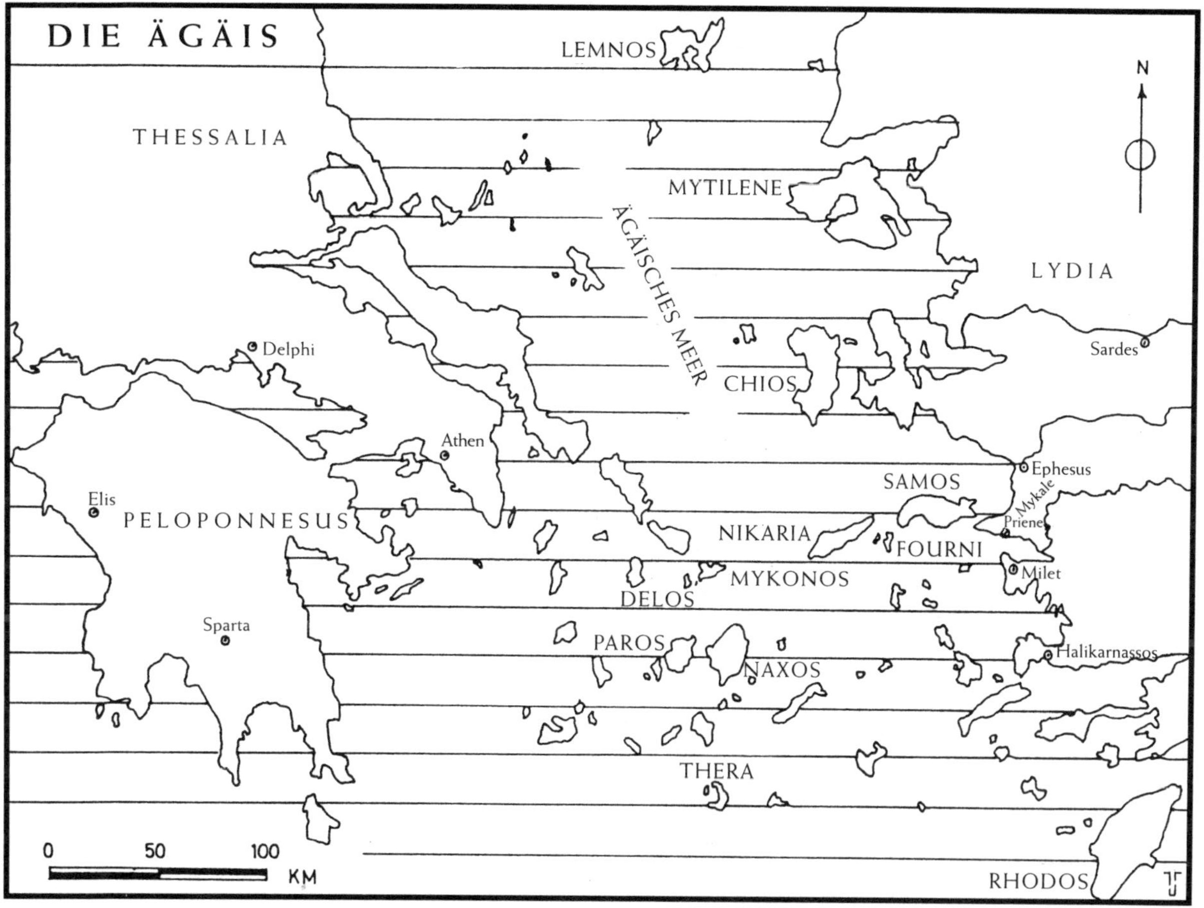
DIE ÄGÄIS
LEMNOS
THESSALIA
MYTILENE
ÄGÄISCHES MEER
LYDIA
Delphi
CHIOS
Sardes
Athen
Ephesus
SAMOS
Mykale
Elis
PELOPONNESUS
Priene
NIKARIA
FOURNI
Milet
MYKONOS
DELOS
Sparta
PAROS
Halikarnassos
NAXOS
THERA
0
50
100
KM
RHODOS
N

merkwürdige Gestalt. Der Mann kam genau auf sein Boot zu. Leon hatte das seltsame Gefühl, ihm schon einmal begegnet zu sein. Irgendetwas an der Haltung, dem Gesichtsausdruck, den hellen Augen unter der hohen Stirn, kam ihm bekannt vor. Andererseits war er sich ziemlich sicher, den Fremden nicht zu kennen.

»Guten Morgen, kannst du mir sagen, wem dieses Boot gehört und welches Ziel es hat?«

Auch Leon kam die Aussprache des Mannes etwas seltsam vor.

»Ich bin der Eigentümer und ich fahre ab, sobald ich Ladung für Samos habe. Mein Name ist Leon aus Kalamoi.«

»Ich suche eine Überfahrt«, sagte der Fremde. »Und da ich nun nach vierzig Jahren in der Fremde Samos vor mir liegen sehe, habe ich Eile. Ich kann dich gut belohnen. Mein Name ist Pythagoras.«

Mit einer Ladung Mandeln von Alaschja und einem wichtigen Passagier an Bord glitt Leons Boot durch die Straße von Mykale, vorbei an der Südküste von Samos mit Kurs auf Kalamoi. Mit Wind im Rücken und bei ruhiger See war es eine angenehme Fahrt. Kein Wunder, dass der Unbekannte auf dem Kai von Milet ihm sofort vertraut vorgekommen war. Pythagoras hatte die Figur seines Vaters, des Baumeisters Mnesarchos, dem er in vieler Hinsicht ähnelte.

Das gute Wetter erlaubte es Leon, das Boot von seinem jungen Helfer Simias steuern zu lassen und sich selbst seinem Passagier zu widmen. Der Gedanke daran, dass er nun, nachdem er vor zwölf langen Jahren im Auftrag des Baumeisters Mnesarchos in Kemi nach Pythagoras gesucht hatte, dem Vater den verlorenen Sohn wiederbrachte, gab ihm das Gefühl, einem alten Freund gegenüberzusitzen, einem Mann, den er sein Leben lang gekannt hatte.

Pythagoras war sichtlich gerührt, als er die Küste seines Heimatlandes näherkommen sah. Unbefangen unterhielt er sich mit Leon über sein Leben seit er die Insel verlassen hatte, um in Kemi zu studieren. Er erzählte vom Eindringen der Perser, die alle Priester entführt hatten, von seinem Leben in den letzten zwölf Jahren als Gefangener in Babylon, von seiner Freilassung auf Fürsprache des Leibarztes des persischen Königs.

»Als wäre mein Leben in bestimmte Abschnitte eingeteilt. Meine Jugend auf Samos – fast zwanzig Jahre, mein Studium in Kemi – zwanzig Jahre, meine Verbannung in Babylon – zwölf Jahre. Nun bin ich im sechsten Lebensjahrzehnt und es ist noch so viel zu tun.«

Leon war klar, dass sein Passagier redete, um nicht von Gefühlen übermannt zu werden. Er hörte zu, stellte hin und wieder eine Frage, antwortete, wenn er gefragt wurde. Und auf einmal wurde ihm bewusst, dass Pythagoras ja gar nicht wusste, dass er, Leon, versucht hatte, ihn zu finden, als die Perser Kemi erobert hatten. In seiner eigenen Erinnerung war es ein großes Abenteuer gewesen. Aber das verblasste nun im Vergleich mit all den Widrigkeiten im Leben des Gelehrten.

Unerwartet sagte er: »Dass ich dich nun doch nach Samos zurückbringe, nach so vielen Jahren! Das muss die Gunst der Götter sein.« Und dann erzählte er von seiner Reise nach Naukratis, seiner Bekanntschaft mit Arigone, seiner Enttäuschung in Tabai. Inzwischen fuhren sie am Kriegshafen vorbei zum Anlegesteg in Kalamoi.

»Deine Eltern haben immer wieder versucht, etwas über dich zu erfahren. Es war ein harter Schlag für sie, dass die Perser mir in Tabai zuvorgekommen waren.«

»Wie es nun sehr traurig für mich ist, dass meine Eltern meine Heimkehr nicht mehr erleben und dass ich ihnen nie sagen konnte, wie dankbar ich ihnen bin, dass sie mir damals die Reise nach Kemi ermöglicht haben und dass ich in Gedanken stets bei ihnen war.«

Leon war damit beschäftigt, das Boot festzumachen, darum nahm er gar nicht recht auf, was Pythagoras gerade gesagt hatte. Sein fröhliches Lachen schien da unpassend zu sein.

»Willkommen auf Samos, mein Herr«, sagte er. »Ich bringe dich nun gleich zu Mnesarchos und Pythaida, die immer noch am Hang des Ampelos wohnen und gesund sind.« Und bevor Pythagoras seiner Überraschung Herr geworden war, fügte er hinzu: »Dein Vater hat mir vor zwölf Jahren einen Auftrag erteilt und nun erst habe ich das Gefühl, ihn wirklich erfüllen zu können.«

Seit Phileia vor neun Jahren Schutz in seinem Haus gesucht hatte, hatte sich sein Leben sehr verändert. Die Sklavin Kreofyli hatte recht behalten, Syloson hatte sofort nach der Tochter und Enkeltochter des Polykrates suchen lassen. Doch als einige Zeit ergebnislos gesucht worden war und andere Probleme gelöst werden mussten, hatte er seine Rachegelüste vergessen. Und als Syloson, nicht lange nach seiner Rückkehr, starb und sein Sohn Aiakes die Nachfolge antrat, war die Gefahr für die beiden vorbei, denn Aiakes interessierte sich nicht für Phileia und ihre Tochter. Da die Perser seinen vollen Einsatz verlangten, hatte er genug mit den Regierungsgeschäften zu tun. Phileia konnte aus ihrem Versteck herauskommen. Es kümmerte praktisch niemanden, dass Leon in seinem Haus am Meer nun eine Frau hatte.

Phileia war sehr anpassungsfähig. Alle Arbeiten, die im Palast andere für sie erledigt hatten, tat sie nun selbst und das schien ihr zu gefallen. Sie lernte schnell kochen und führte den Haushalt für die kleine Familie. Sie war zufrieden mit dem neuen und ruhigen Leben. Außerdem profitierte Leon davon, dass sie einiges gelernt hatte, wovon er nichts verstand, wie zum Beispiel lesen und schreiben. Mit seinem neuen, großen Boot fuhr er schon lange nicht mehr nur zum Fischen hinaus. Er transportierte Güter zu den umliegenden Inseln und zum Festland auf der anderen Seite der Straße von Mykale. Und er begann, als selbständiger Händler aufzutreten, wobei ihm Phileia bei der Buchhaltung half.

Auch Parthenia gefiel, nach der glücklicherweise nur kurzen Zeit, in der sie und ihre Mutter sich versteckt halten mussten, das Leben in Kalamoi viel besser als früher im Palast, wo sie nie unbeaufsichtigt war. Sie lernte weben und flechten, worin sie besonders geschickt war. Und sie half ihrer Mutter bei der Hausarbeit. Nachdem sie für einen Imker ein paar schöne Bienenkörbe geflochten hatte, bekam sie zur Belohnung selbt ein Bienenvolk, mit dem sie eine Imkerei begann. Mit Simias, Leons Knecht, kamen Mutter und Tochter gut aus. Simias war von Anfang an in ihr Geheimnis eingeweiht und das schuf ein festes Band. Parthenia bewunderte den gutaussehenden jungen Fischer und aus dieser Bewunderung wurde nach einigen Jahren eine Liebe. Er war acht Jahre älter als sie. Leon und Phileia waren nicht überrascht, dass sie mehr und mehr zueinander fanden und Parthenia an ihrem sechzehnten Geburtstag feierlich verkündete, dass sie eine Familie gründen wollten. Mit eigener Hand baute Simias einen Steinwurf entfernt von Leons Haus sein eigenes kleines Heim. Und als sie in ihr eigenes Haus zogen, machte Leon seinen Schwiegersohn zum Miteigentümer seines Bootes.

Die Rückkehr des Pythagoras sorgte für Aufregung auf der Insel. Mnesarchos und Pythaida, die beide schon im Greisenalter waren, gaben zur Begrüßung ihres längst totgeglaubten Sohnes ein großes Fest, bei dem Opfer dargebracht wurden, und zwar nicht nur der Göttin Hera, sondern auch Apollon, dem Gott des Guten und Schönen, und Poseidon, dem Gott des Meeres. Aus allen Winkeln der Insel kamen zur Begrüßung Freunde der Familie ins Haus des Baumeisters Mnesarchos. Darunter war auch Hermodamas, der erste Lehrer des Pythagoras, an den sich dieser gerne erinnerte, vor allem an die zwei Jahre, die sie gemeinsam auf Mytilene verbracht hatten. Auch Hermodamas war nun schon ein Greis von mehr als achtzig Jahren. Tagelang tauschten die beiden Gelehrten Erkenntnisse und Erfahrungen aus. Hermodamas erzählte Pythagoras, dass Pherekydes, der ihn in die Religion eingeführt hatte, noch lebte und auf der Insel Delos seine letzten Tage in völliger Einsamkeit verbrachte.

»Er leidet an einer Hautkrankheit, die man die Krätze nennt«, sagte Hermodamas. »Alle haben Angst, sich anzustecken. Niemand sorgt für ihn.«

Pythagoras konnte nun endlich, nach den Jahren der Verbannung, wieder selbst über sein Leben entscheiden, und da fasste er einen Entschluss, der ganz Samos überraschte. Ohne sich die Zeit zur Erholung von seinen Entbehrungen zu gönnen, verkündete er, seinen alten Lehrer auf Delos besuchen und danach eine Reise zu allen hellenischen Heiligtümern machen zu wollen.

Wer ihm seine Pläne auszureden versuchte und ihn daran erinnerte, dass er selbst im sechsten Lebensjahrzehnt stand, bekam zur Antwort: »Gerade darum! Nicht mehr lange, dann bin ich sechzig und es ist noch so viel zu tun!«

Mnesarchos reagierte praktisch. Er schenkte seinem Sohn die beiden zuverlässigen und der Familie treu ergebenen Sklaven Aristeios und Zamolxis, die ihn auf den bevorstehenden Reisen begleiten sollten. Und Mnesarchos bat Leon, ihn nach Delos zu bringen. Leon fühlte sich geehrt. Er zögerte keinen Augenblick.

»Ich muss ihn nach Delos bringen«, sagte er am Abend zu Phileia. »Ich weiß nicht, wie lange ich unterwegs sein werde, aber du verstehst doch, dass ich da nicht nein sagen konnte.«

Phileia war beunruhigt. Doch versuchte sie nicht, Leon zurückzuhalten. Und es war, als hätte er den großen Respekt, den er vor dem Gelehrten hatte, auf sie übertragen. Wenn die Götter es so gefügt hatten, sollte sie sich dagegen wehren? Sie fragte ihn nur, wann er abreisen müsste.

»Ich brauche zwei Tage, um mit Simias das Boot in Ordnung zu bringen«, antwortete er. »Aber ich nehme Simias nicht mit. Ich will nicht, dass ihr ganz alleine hierbleibt. Ich weiß schließlich nicht, wie lange ich fort sein werde.«

»Ich werde mich um Proviant kümmern«, sagte sie. »Für vier Männer geräuchertes Fleisch, Brote, getrocknetes Obst, Amphoren mit Wein und Wasser.«

Er wusste, wie schwer es ihr fiel, ihn gehen zu lassen. Für einen Moment fragte er sich, ob er ihr das antun könnte. Aber dann schlug er sich seine Bedenken aus dem Kopf. Seit er als kleiner Junge seinen Vater von Mnesarchos' außergewöhnlichem Sohn hatte erzählen hören, schien es so, als habe er in dessen Leben eine bestimmte Rolle zu erfüllen. Und er dachte wie seine Frau: Wenn die Götter es so fügen, dann kann ich mich dem nicht widersetzen.

»Phileia«, sagte er, »ich hätte keine bessere Frau als dich finden können!«

Phileia verstand ihn, ohne zu fragen.

Seit Leon sich dem Handel und Transport gewidmet hatte, fuhr er regelmäßig zu den Inseln im Ägäischen Meer. Vorsichtig wie er war wählte er seinen Kurs von Insel zu Insel, doch weiter als bis Rhodos im Süden und Mykonos im Westen war er nie gekommen. Aber er wusste, dass Delos etwas westlich von Mykonos lag und eigentlich problemlos zu erreichen sein müsste. Mit Rückenwind glitt sein Boot über das glatte Wasser. Die beiden Sklaven halfen ihm beim Steuern, so dass er für seinen Passagier Zeit hatte.

Delos, die Insel des Apollon, des Gottes der Schönheit, des Lichtes und der Musik, war in der ionischen Welt ein wichtiges religiöses Zentrum. Es war nicht verwunderlich, dass sich Pherekydes diese Insel zu seinem letzten Wohnort ausgesucht hatte.

Gegen Abend erreichten sie die Küste der Insel und beschlossen, die Nacht im Boot zu verbringen. Sie zogen es auf den Strand und die Sklaven entzündeten ein Feuer. Der Wind hatte sich gelegt, am wolkenlosen nächtlichen Himmel über Delos standen unzählige Sterne. Im Mondlicht glänzte das ruhige Meer. Pythagoras erzählte von der Sternwarte im Vorgebirge von Mykale, wo ihn Thales und Anaximander in Sternenkunde unterrichtet hatten. Aber schon bald merkte er an den Gesichtern seiner Reisegenossen, dass sie ihm nicht folgen konnten. Da nahm er einen Stock und zeichnete die Karte der Ägäis in den Sand, wie er sie Anaximander in Bronze hatte gravieren sehen.

»Seht her«, erklärte er, »die hellenischen Stämme kommen von diesem großen Stück Festland. Hier liegt Athen. Dieser südliche Teil heißt Peloponnesus und westlich davon ist das Ionische und östlich das Ägäische Meer.«

Pythagoras sah, dass die Männer, für die der Zusammenhang der Himmelskörper unverständlich gewesen war, für diese, ihre eigene Welt sofort großes Interesse zeigten. Mit dem Stock deutete er auf die Orte, deren Namen sie kannten.

»Athen hier, Sparta dort und etwas westlich von Sparta liegt Elis, wo alle vier Jahre die Olympischen Spiele stattfinden. Anaximander hat von diesem ganzen Gebiet mit den vielen Inseln eine Karte angefertigt und ich habe vor, diese Karte zu vervollständigen und genauer zu machen. Wir sind nun so gefahren, von Samos an Nikaria vorbei und von Mykonos nach Delos. Dieses ganze Gebiet ist von den Ioniern kolonisiert worden, genau wie die Städte auf dem Festland, zum Beispiel Sardes, etwas südlicher Ephesus und noch weiter südlich Milet. Leon, du bist in vielen ionischen Häfen gewesen. Aber die Ionier haben auch hier, im fernen Westen, an der Südküste eines Landes, das Italia heißt, Städte kolonisiert. Das sind die berühmten Orte Taras, Sybaris und Kroton. Und noch weiter südwestlich liegt die große Insel Sicilia mit der ionischen Kolonie Syracusae. Überall findet man ionische Siedlungen. Ich kann hier im Sand natürlich nur eine grobe Skizze machen. Doch schon bald werde ich eine große Reise unternehmen, um die Lage der Inseln zueinander und zum Festland zu berechnen und genau aufzuzeichnen. Das kann eine große Hilfe für die Seeleute sein.«

Leon war mit einem kleinen Teil des Ägäischen Meeres vertraut. Ihm war sofort klar, dass das, was Pythagoras hier eher beiläufig erzählte, sehr wichtig war. Er wollte festhalten, was der Gelehrte in den Sand gezeichnet hatte und da kam ihm plötzlich eine Idee. Als sich die anderen müde vom langen Tag auf See in ihre Mäntel rollten, um zu schlafen, nahm er einen Ersatzriemen aus dem Boot und kratzte in ihn mit seinem Messer die Zeichnung des Gelehrten ein, die im schwachen Licht des glimmenden Feuers gerade noch zu erkennen war.

Am nächsten Morgen, nach dem Frühstück mit dem ungesäuerten Brot, das Phileia ihnen mitgegeben hatte, ging Pythagoras mit Leon und Zamolxis auf die Suche nach Pherekydes' Haus. Aristeios blieb zur Sicherheit beim Boot.

Pythagoras besuchte erst den Apollontempel, wo er Leute zu treffen hoffte, die ihm etwas über den alten Gelehrten sagen konnten. Der Priester im Apollontempel zeigte ihm den Weg zum Heiligen See. Pherekydes saß in der Türöffnung seiner kleinen Hütte, die Ausblick auf den See und die Löwenterrasse bot. Er sah schlecht aus. Da niemand ihn versorgte, musste er sich selbst um sein tägliches Essen kümmern und das war für den alten Mann kaum noch zu schaffen.

In seinem einsamen Dasein waren die Erinnerungen seine einzigen

Lebensgefährten. Einen seiner Schüler, der ihm der teuerste war, sah er immer wieder vor seinem geistigen Auge. Manchmal im Traum, manchmal am hellichten Tag. Pherekydes lebte mehr und mehr in einer Welt, in der er Erinnerung und Wirklichkeit nicht mehr trennen konnte.

Die Sonne, die noch ziemlich tief am östlichen Himmel stand, blendete ihn. Kam es ihm darum so vor, als sehe er eine bekannte Gestalt sich nähern? Er konnte kein Gesicht erkennen, aber die Haltung, der Gang einer der Männer, die auf ihn zukamen, erinnerte ihn an den besten Schüler, den er in seinem langen Leben je gehabt hatte. Pythagoras, dachte er, was wohl aus Pythagoras geworden ist? Nahe bei der Hütte streckte einer der Männer begrüßend die Arme aus. Pherekydes war davon überzeugt, wieder einen seiner stets wiederkehrenden Tagträume zu haben. Bis er die Stimme hörte. Gesichter können sich im Laufe der Jahre sehr verändern, die Stimme bleibt dieselbe!

»Herr«, sagte die Stimme, »erkennst du deinen Schüler nicht mehr? Nach zwölf Jahren Verbannung in Babylon führt mich meine erste Reise als freier Mann nach Delos, um dich zu besuchen.«

Schwankend erhob sich der kranke Mann. Ohne zu zögern, schloss Pythagoras seinen alten Lehrer in die Arme.

»In meinen jungen Jahren bist du mir eine Stütze gewesen«, sagte er, »nun bin ich nach Delos gekommen, um dir beizustehen.«

Dem alten Gelehrten ging es sehr schlecht. Pythagoras zog zu ihm in die kleine Hütte und tat sein Bestes, dem Patienten das Leben erträglich zu machen. Aber trotz seiner großen medizinischen Fähigkeiten konnte er die Schäden, die die Jahre und die Krankheit angerichtet hatten, nicht ungeschehen machen. Doch er konnte Pherekydes am Ende seines Lebens ein paar glückliche Tage bereiten. Während Leon und Zamolxis die Hütte aufräumten, Lebensmittel kauften und das Essen zubereiteten, leistete Pythagoras dem alten Mann unablässig Gesellschaft. Ihre Gespräche über die Themen, die die beiden Gelehrten ein Leben lang beschäftigt hatten, waren für Leon und Zamolxis absolut unverständlich. Doch Pherekydes genoss sie. Sein Körper war zwar verwüstet, aber sein Geist war hellwach.

Zehn Tage nach ihrer Ankunft starb Pherekydes. Das Wiedersehen mit seinem besten Schüler hatte seinem Leben im wahrsten Sinne des Wortes einen befriedigenden Abschluss gegeben.

Auf dem Rückweg nach Samos war Pythagoras nicht sehr gesprächig. Er hatte einen Freund verloren. Zwar hatte dieser ein gesegnetes Alter erreicht, aber der Verlust war dennoch sehr schmerzlich.

»Der Freund ist das andere Ich«, sagte er zu Leon. Dieser Spruch sollte in Leons Leben eine besondere Bedeutung bekommen.

Phileia atmete erleichtert auf, als sie am Horizont Leons Boot erkannte und auf Kalamoi zukommen sah. Sie kam sich verloren vor, wenn er länger als ein paar Tage fort blieb. Vor allem die Unsicherheit über die Dauer der Reise mit Pythagoras hatte ihr schlaflose Nächte bereitet. Aber auch Leon war froh, wieder zu Hause zu sein.

Für Pythagoras sah die Sache anders aus. In Rekordzeit schien er aufholen zu wollen, worauf er in den Jahren der Verbannung hatte verzichten müssen. Er machte einen Plan, nach dem er in möglichst kurzer Zeit alle hellenischen Heiligtümer besuchen wollte. Und wieder bat er Leon, sein Schiffer zu sein, und zwar diesmal nach Kafti. Dort wollte Pythagoras in die Mysterien des Zeus eingeweiht werden. Dafür musste der Gelehrte dreimal neun Tage in der Geburtsgrotte des Zeus im Berg Ida verbringen. Nach ihrer Ankunft in Kafti schickte er Leon zurück nach Samos, denn die weitere Reise sollte größtenteils über Land gehen.

Nach den kurzen Abenteuern mit dem heimgekehrten Pythagoras verlief Leons Leben wieder wie gewohnt. Ab und zu unterhielt er sich mit Phileia darüber, was er mit dem Gelehrten erlebt hatte. Die Zeit verging und mit zunehmender Sorge fragte sich Leon, ob er Pythagoras jemals wiedersehen würde.

An einem dunklen Wintertag, als schwere Regengüsse auf die Insel niedergingen und der Imbrasos zu einem brausenden Strom anschwoll, Kastanienbäume, Platanen und Tannen sich im Sturm bogen, kehrte Pythagoras heim. Diesmal kam er im Kriegshafen an, denn den letzten Teil seiner langen Reise hatte er auf einer Samaina gemacht. Wie ein Lauffeuer verbreitete sich die Nachricht, dass der gelehrte Sohn der Insel Samos nun auch in die Mysterien des Zeus eingeweiht sei, dass er die Olympischen Spiele in Elis und das große Apollon-Heiligtum in Delphi besucht habe und von dort über die Heilige Straße nach Thessalia gereist sei, um in die thrakischen Mysterien eingeweiht zu werden. Überall auf Samos, in den Tempelbezirken und auch in den Hafenschenken redete man nun über diese ungewöhnliche Reise. Und das Volk war stolz auf seinen berühmten Sohn.

Auch im Palast auf der Akropolis war Phythagoras Tagesgespräch. Aiakes war sich der Tatsache bewusst, dass Pythagoras großes Ansehen genoss. Die Leute sprachen über ihn allmählich wie über einen Heiligen. Das Misstrauen, das der Tyrann dem Aristokratensohn entgegenbrachte, wurde dadurch nicht geringer. Schließlich ist ein gebildeter Gegner gefährlicher als ein ungebildeter. Mit einem Mann von so hohem geistigen Rang konnte sich keiner messen. Also kam es darauf an, alles so zu regeln, dass das Wissen und die Fähigkeiten des Pythagoras dem Interesse der Inselregierung dienen konnten.

Pythagoras hatte auf seinen Reisen durch Hellas nicht nur die gute Seite seines Vaterlandes kennen gelernt, den Reichtum und die Schönheit, er hatte auch den durch zu großen Luxus verursachten Verfall gesehen. Er war ein Prediger der Wissenschaft im wahrsten Sinne des Wortes.

Aiakes war ein Vasall des Perserkönigs Dareios. Hatte Polykrates stets die Unabhängigkeit von Samos bewahren können, war sein Neffe, der nun an der Macht war, nichts anderes als ein Speichellecker der Perser. Aber eines stand für ihn fest: Von den Fähigkeiten eines Mannes wie Pythagoras musste er zu seinem Vorteil Gebrauch machen.

Pythagoras war kein Politiker. Als Aiakes ihn beauftragte, eine Schule zu gründen, um seine Landsleute auf allen Gebieten der Wissenschaft zu unterrichten, in denen er selbst überragend war, nahm der Gelehrte diesen Auftrag begeistert an. Nicht umsonst hatte er sein Leben lang immer mehr Wissen erworben. »Wissen«, hatte er einmal während einer Reise zu Leon gesagt, »Wissen ist das Einzige, das man mit anderen teilen kann, ohne selbst etwas einzubüssen.«

War dies nicht die große Chance, etwas für sein Land zu tun, indem er seine Landsleute von seinen Kenntnissen profitieren ließ?

Leon verfolgte alles, was Pythagoras unternahm. Die Söhne der Aristokraten waren die Ersten, die sich im Amphitheater die Einführungsvorträge zur künftigen Schule des Pythagoras anhörten. Dann kamen zögernd auch einige Bauern- und Fischersöhne.

»Wäre ich doch zwanzig Jahre jünger«, sagte Leon seufzend zu Phileia und fügte sofort hinzu: »Und wüsste ich doch nur mehr. Ich kann seinen Vorträgen nicht recht folgen.«

»Sei zufrieden mit dem, was du hast«, antwortete sie. »Du bist selbständig, uns geht es gut, was willst du mehr?«

Natürlich hatte sie recht und gerade aus ihrem Mund waren diese Worte überzeugend. Hatte sie nicht nach einer Jungend in Reichtum und Luxus ihre Zufriedenheit erst mit ihm gefunden, dem Fischer Leon aus Kalamoi? Dennoch wurmte es ihn, dass er nicht gebildet genug war, um Schüler des Mannes zu werden, den er so sehr bewunderte.

Im Empfangssaal des Palastes auf der Akropolis hatte Aiakes seine Handlanger um sich versammelt. Es war die heißeste Stunde des Tages und es standen noch unendlich viele Punkte auf der Tagesordnung. Viele der Anwesenden verfolgten kaum, was besprochen wurde. Ohne zu wissen, worum es ging, nickten sie mechanisch, wenn um Stellungnahme gebeten wurde. Manche gähnten verstohlen. Geschickt nutzte Aiakes die Situation aus, indem er einige Beschlüsse bekannt gab, für die er keine allgemeine Zustimmung erwartete. Sein Wille war zwar Gesetz, aber er dachte, reibungsloser regieren zu können, wenn seine Gefolgsleute ihm ohne zu murren beipflichteten. Nun war der Moment für den letzten Punkt der Tagesordnung gekommen: die Unterrichtung der Jugend von Samos.

»Ein guter Anfang ist gemacht«, sagte Aiakes. »Pythagoras hält regelmäßig Vorträge im Amphitheater und immer mehr Schüler melden sich an. Ich erwarte, dass wir in Kürze auf allen Gebieten über eine große Anzahl von Experten verfügen, die der Inselregierung nützlich sein können.«

Auch hier wurde zumeist wieder zustimmend gemurmelt, doch in der hintersten Reihe kam Unruhe auf. Ein etwas älterer Mann stand auf und sofort waren alle Augen auf ihn gerichtet.

»Ich wehre mich dagegen, dass Pythagoras auf diese Weise so viel Einfluss auf die Regierung bekommt«, sagte er.

Aus Aiakes Augen schossen Blitze. Mit Mühe unterdrückte er einen aufsteigenden Wutanfall.

»Dieser Mann beherrscht alle Gebiete der Wissenschaft, Lykourgos. Er ist ein unerschöpflicher Brunnen des Wissens. Wenn wir davon nicht profitieren, machen wir einen Fehler. Wissen ist Macht. Wenn wir Pythagoras eine Schule leiten lassen, haben wir diese Macht selbst in den Händen.«

Lykourgos gab nicht nach. »Die Familie des Mnesarchos gehört zu den wichtigsten Aristokraten der Insel. Wenn wir Pythagoras den Unterricht überlassen, sorgen wir selbst dafür, dass er eine große Zahl von Anhängern bekommt. Auf diese Weise ziehen wir einen Kader gelehrter Aristokraten heran. Das ist eine nicht zu unterschätzende Gefahr!«

Die Anwesenden waren wachgerüttelt. Nun erhoben sich noch andere Stimmen, die Lykourgos unterstützten.

»Ihr seid kurzsichtig«, brummte Aiakes. »Vor vierzig Jahren hat mein Onkel Polykrates den jungen Pythagoras in die Zwei Länder reisen lassen, damit er dort sein Wissen vermehren konnte. Er hat ihm sogar ein Empfehlungsschreiben für den Pharao Amasis mitgegeben. Und ihr könnt doch wohl kaum behaupten, Polykrates sei ein Aristokratenfreund gewesen. Im Gegenteil. Er kannte die von dieser Seite drohende Gefahr wie kein anderer. Aber Polykrates sah eben auch ganz genau, wie wichtig es für die Insel ist, einen Mann vom Format des Pythagoras zu haben, sofern man sich ihn zunutze macht.«

Die sonst so gefügigen Männer waren verschiedener Meinung. Die eine Hälfte stimmte dem Tyrannen zu, die andere witterte Gefahren. »Wir setzen da etwas in Gang, das nicht mehr aufzuhalten sein wird. Pythagoras wird sich in kürzester Zeit eine Gruppe gelehrter Aristokraten herangezogen haben. Ich bin dagegen, dass er so viel Macht bekommt.«

Aiakes war es nicht gewöhnt, dass ihm seine eigenen Leute widersprachen. Das irritierte ihn mehr, als er sich anmerken lassen wollte. Um dem Stimmengewirr ein Ende zu machen, schlug er mit der Faust auf den Tisch.

»Pythagoras ist ein Gelehrter, er ist ganz bestimmt kein Politiker!«, rief er mit erhobener Stimme. »Außerdem gibt es eine gute Methode, die verhindert, dass seine Schule eine Brutstätte für gefährliche Aristokraten wird.«

»Wie soll das denn verhindert werden?«

»Ganz einfach, indem wir unsere eigenen Söhne als Schüler anmelden. Warum sollten unsere Söhne nicht auf einem Gebiet der Wissenschaften ausgebildet werden? Muss jeder Fischersohn Fischer bleiben? Muss jeder Bauernsohn Bauer bleiben? Zu lange haben wir uns von der Wissenschaft ferngehalten. Was die Aristokratensöhnchen können, können unsere Söhne auch. Deshalb ist dies mein Befehl: Jeder von uns, der einen Sohn im richtigen Alter hat, meldet ihn für die Schule des Pythagoras an und sorgt dafür, dass er dort eine gute Bildung erhält. Und jetzt will ich kein Wort mehr davon hören.«

Die Versammlung wusste, wie gefährlich es war, dem Tyrannen länger zu widersprechen. Zögernd wurde genickt.

»Und hiermit erkläre ich die Versammlung für geschlossen.«

Der neue Erlass des Tyrannen verursachte Aufregung in allen Häusern auf der Insel. Und natürlich hatte jeder seine eigenen Bedenken. Ehrgeizige Familienväter sahen, dass für ihre Söhne, sofern sie die Schule abschließen würden, gute Positionen zu erreichen waren. Andere, vor allem Bauern und Fischer, sahen sich der Arbeitskraft ihrer Nachfolger beraubt. Sie waren es gewohnt, dass ihre zwölfjährigen

Söhne ihnen schon eine Menge Arbeit abnahmen. Wie sollten sie die schaffen, wenn ihre Söhne nun zur Schule gingen? Es würde keine Zeit für die Arbeit bleiben, die die Familie ernähren musste. Handwerker und Künstler wie Kunstschmiede, Baumeister und Bildhauer fragten sich besorgt, ob ihre Söhne, die Talent für den Beruf des Vaters hatten, nun dafür verloren wären. Und eigentlich konnte sich auch niemand so recht eine Vorstellung von der Schule und der Bedeutung einer wissenschaftlichen Bildung machen.

»Bald gibt es auf Samos massenhaft Gelehrte und dann haben wir keine Baumeister mehr, keine Fischer und keine Bauern. Kann man Wissenschaft essen? Sind wir denn so viel weniger wert als der Gelehrte?«

Die Jungen, insbesondere die über zwölfjährigen, waren vor allem neugierig. Es war natürlich eine wunderschöne Vorstellung, in wenigen Jahren ein wichtiger Mann zu sein. Aber die, die weiter dachten, begriffen sehr schnell, dass alles seinen Preis hatte. Und der Preis wäre, dass sie zumindest dem Unterricht folgen müssten, und zwar nicht einmal, sondern tagein und tagaus, viele Jahre lang. War das nun wirklich so erstrebenswert und besser als ihr jetziges Leben? Würden sie als Schüler des Pythagoras noch Zeit für die Dinge haben, die ihnen Spaß machten? Könnten sie dann noch Sport treiben und an Wettkämpfen teilnehmen?

Alle diese Überlegungen änderten nichts am Entschluss des Tyrannen. Wer dem Alter nach in Frage kam, musste, ob er wollte oder nicht, zum Amphitheater und sich den Vortrag des Pythagoras an die Jugend von Samos anhören.

Als er die große Anzahl Zuhörer vor sich sah, wusste Pythagoras nicht, wie ihm geschah. Er wusste nur, dass die Mehrzahl nicht fähig sein würde, seinem Unterricht zu folgen, nahm aber an, das Problem werde sich von selbst lösen. Niemand hatte ihm gesagt, dass seine Zuhörer nicht freiwillig gekommen waren.

Das Stimmengewirr der Hunderte verstummte sofort, als der Gelehrte das Amphitheater betrat. Der hochgewachsene, in makelloses Weiß gekleidete Mann strahlte eine Autorität aus, die es überflüssig machte, um Ruhe zu bitten. Man hatte den Eindruck, die weiße Gestalt zog wie ein Magnet alle Aufmerksamkeit auf sich.

»Vor kurzem«, so begann er seinen Vortrag, »besuchte ich die Olympischen Spiele.« Sogar die wenigen unter seinen jungen Zuhörern, die nicht hatten zuhören wollen, waren sofort gefesselt. Die Olympischen Spiele, das war mit Sicherheit das größte Ereignis in ganz Hellas und es war das erstrebenswerteste Ziel aller jungen Männer, einmal dort die Heimatstadt vertreten zu dürfen, einen Lorbeerkranz zu gewinnen, von allen bewundert und gefeiert zu werden. Der Mann, der da stand und zu ihnen sprach, war dort gewesen, im fernen Elis. Er hatte mit eigenen Augen die Leistungen der besten Athleten aller hellenischen Stämme gesehen und das genügte vollauf, ihm ungeteilte Aufmerksamkeit zu sichern.

Eine ganze Weile erzählte Pythagoras von diesem großartigen Ereignis, das alle vier Jahre Zeus zu Ehren stattfand, von den Wettkämpfen, die er miterlebt hatte, von den Siegern, die er kennen gelernt hatte. Er wusste, dass nun alle an seinen Lippen hingen, und lenkte dann seine Worte in eine andere Richtung.

»Kraft, Schönheit, Gesundheit, Männlichkeit, das sind Gaben, die mit niemandem geteilt werden können. Wenn man mit diesen Gaben gesegnet ist, muss man dennoch lange und mühevoll üben, um damit das Höchste zu erreichen, was ein Mensch erreichen kann. Doch dann kommt eine Zeit, in der diese Gaben nachlassen. Der Mensch wird alt und kann im hohen Alter schließlich die Leistungen nicht mehr erbringen, die ihm sonst durch hartes Training möglich waren. Körperliche Leistungskraft ist nicht von Dauer, im Gegensatz zu geistiger Leistungskraft. Geistige Leistung erhebt den Menschen über das Tier, die Hellenen über die Barbaren, die Freigeborenen über die Sklaven, den denkenden Menschen über die Masse.«

Nach einer effektvollen Pause, die auch dazu dienen sollte, dass das, was nun kam, gut aufgenommen würde, fuhr er fort: »Nur Wissen ist etwas, was wir mit anderen teilen können, ohne dass wir als Gebende etwas einbüssen, und Wissen ist nicht vom Alter abhängig.

Wissen ist von Dauer.« Und um noch deutlicher zu machen, was er meinte, wählte er ein Beispiel, das alle ansprach: »Im äußersten Westen von Groß Hellas liegt die ionische Kolonie Kroton. Kroton hat vor kurzem nicht weniger als sieben Olympische Sieger in Wettläufen gehabt, während in ganz Hellas kaum sieben Weise zu finden sind.«

Pythagoras kam zum Ende seines Vortrags. Mit einer kurzen Aufforderung, immer und überall die Eltern und die Älteren zu ehren, Freunde stets so zu behandeln, dass man sie nicht verliere, und Feinde zu Freunden zu machen, leitete er zum Schluss über und sagte eindringlich, dass man im Leben nichts erreichen könne, ohne Opfer zu bringen.

Tagelang war diese Rede im Amphitheater Gesprächsthema in allen Häusern und Schenken. Sehr viele Jungen meldeten sich als künftige Schüler an, allerdings längst nicht alle aus innerer Überzeugung. Den meisten war klar, dass man sehr viel tun musste und nicht mühelos ein wichtiger Mann werden konnte. Aber es war nun mal eine Anordnung von oben, man hatte sich zu fügen.

Obwohl die Mehrzahl der Zuhörer vom Vortrag des Pythagoras beeindruckt war, wurde doch auch Kritik geäußert. Erst zögerlich, dann lauter. Auch die Mitglieder der Inselregierung waren nicht alle begeistert. Der Mann, der als erster seine Zweifel geäußert hatte, übte nun auch die schärfste Kritik.

»Pythagoras ist ein Volksverführer«, lautete sein kurzes und deutliches Urteil. »Habt ihr nicht gemerkt, wie er vorgeht? Die Geschichte von den Olympischen Spielen diente doch nur dazu, die Aufmerksamkeit der Jugend zu erregen. Und dann hat er ganz geschickt das Thema gewechselt. Sieben Olympiasieger aus Kroton, aber noch nicht einmal sieben weise Männer in ganz Hellas. Wenn man sich das genau überlegt, ist das für uns alle eine Beleidigung. Wir sind Mitarbeiter des Tyrannen. Aber uns nimmt er scheinbar nicht für voll. Es gefällt mir gar nicht, dass Aiakes ihm so eine Position verschafft. Ich sage euch, das wird ihm noch leid tun.«

Einige hätten ihm wohl gerne zugestimmt, aber da erschien Aiakes und alle verstummten. Aiakes schien mit dem Verlauf der Dinge sehr zufrieden zu sein.

»Es gibt viele Anmeldungen für die neue Schule«, sagte er mit erhobener Stimme. »Ich erwarte große Erfolge.«

Schon bald stellte sich heraus, dass die Methode des Pythagoras nicht dem entsprach, was sich Aiakes vorgestellt hatte. Der Gelehrte hatte keineswegs vor, ein paar hundert völlig ungebildeten Jungen die Grundkenntnisse der Wissenschaften zu vermitteln. Er erklärte dem Tyrannen, er werde aus der großen Anzahl der Angemeldeten die zehn begabtesten Schüler auswählen und diese dazu ausbilden, in absehbarer Zeit die Schulung der Übringen zu übernehmen.

Sofort kam es zu Unstimmigkeiten! Allen war klar, dass Pythagoras seine Kandidaten einer schweren Prüfung unterwerfen würde. Wer würde bestehen? Wer würde abgewiesen werden? Noch bevor der Gelehrte seine Auswahl getroffen hatte, kam es in den wichtigsten Familien der Insel zu Reibereien, denn man fürchtete, der eigene Sohn könnte abgewiesen, der des Nachbarn angenommen werden. Aiakes versuchte Pythagoras die Auswahl auszureden, aber der Gelehrte erklärte ihm, seine Zeit sei zu kostbar, sich mit Anfängern abzugeben.

Wer geglaubt hatte, die Wahl würde auf die Söhne der wichtigsten Männer der Insel fallen, sah sich getäuscht. Von den zehn ausgewählten Jungen waren sechs Söhne einfacher Bauern und Fischer, zwei hatten einen Baumeister und Bildhauer zum Vater und zwei kamen aus den Familien der Mitarbeiter des Tyrannen. Auch die, die nicht ausgewählt worden waren, erfuhren schon bald, was es hieß, Schüler des Pythagoras zu sein. Man musste vom frühen Morgen bis in den späten Abend fleißig sein. Außerdem wurde in erster Linie Disziplin gefordert, und wer sich der nicht unterwarf, hatte sofort verspielt.

Neugierig verfolgten die abgewiesenen Jungen, wie es den anderen erging. Sie waren sich alle einig, von Glück sagen zu können, nicht ausgewählt worden zu sein. Samos war viele Jahre eine reiche Insel gewesen. Auch wenn der Wohlstand seit dem Tod des Polykrates und der Bevormundung durch die Perser deutlich geringer geworden war, war die Jugend verwöhnt. Die Leute waren faul. Sie waren gerade noch bereit, sich einmal für kurze Zeit anzustrengen, um ein bestimmtes Ziel möglichst schnell zu erreichen. Aber, was Pythagoras von seinen Schülern verlangte, das war etwas ganz anderes. Innerhalb eines Mondes waren von seinen zehn Auserwählten nur noch acht übrig, innerhalb von drei Monden nur noch vier.

Leon verfolgte aufmerksam das Treiben um Pythagoras. »Es ist einfach ärgerlich«, sagte er zu Phileia, »dass die Jungen, die begabt genug sind, zu faul zum Lernen sind. Die Jugend von Samos ist träge geworden, und zwar nicht nur die Kinder der Reichen, sondern auch die der einfachen Bauern und Fischer. Ich verstehe das nicht. Sie sind durch und durch verwöhnt. Niemand strengt sich an.«

Phileia zuckte mit den Schultern. »Das weißt du doch, sie haben es zu leicht gehabt. Es ist für jeden nur gut, wenn es ihm auch einmal schlechter geht, wenn es nicht selbstverständlich ist, dass das Essen auf dem Tisch steht.«

Manchmal konnte Leon es kaum glauben, dass er mit einer Frau verheiratet war, die ihre Jugend in Reichtum und Luxus verbracht hatte. Er bewunderte sie darum um so mehr.

»Im kleinen Theater beim Tunnel hält Pythagoras einen Vortrag für Frauen«, sagte sie noch. »Morgen Abend. Ich gehe mit Parthenia hin. Ich möchte ihn auch einmal reden hören.«

Was Phileia über diesen denkwürdigen Abend erzählte, ließ Leon die Erschöpfung von zwei Tagen auf See völlig vergessen. Vor allem ihr Kommentar zeigte ihm wieder einmal, dass sie klüger war als er, dass sie ihm geistig weit überlegen war, was sie ihn allerdings nie direkt spüren ließ.

»Er weiß genau, wie er seine Zuhörer fesseln muss«, sagte sie. »Alle Frauen, die ihn gehört haben, sind tief beeindruckt.«

»Hat er denn zu den Frauen etwas anderes gesagt als zur Jugend?«

»Natürlich! Er sprach zum Beispiel über die vielen gleichen Namen für Frauen und Göttinnen. Besser gesagt die Beinamen. So heißt die junge, unverheiratete Frau Kore, die verheiratete Nymphe, die Frau mit Kindern Mutter und die Frau mit Kindeskindern Maja. Das deutet, Pythagoras zufolge, auf die Verbindung der Frau mit der Göttin hin. Schließlich ist es ja auch eine Frau, die in Delphi das Orakel spricht. Und dann ging er sofort dazu über zu sagen, dass Frauen die Arbeit ihrer Hände als Opfergabe zu den Tempeln bringen sollten, zum Beispiel Brot, Honigkuchen, aber auch Honigwaben und Weihrauch, denn die Götter ehre man nicht mit Mord und Totschlag der Opfertiere. Und es sei auch richtiger, häufig kleinere Opfer zu bringen als einmal vieles zugleich. Denn das erwecke den Eindruck, nicht regelmäßig zum Tempel zu kommen und alles auf einmal erledigen zu wollen.«

»Ja«, mischte sich Parthenia ein, »und dann begann er von Schlichtheit und Sparsamkeit zu sprechen, vor allem was die Kleidung betrifft. Das fanden allerdings nicht alle so gut.«

»Er hat auch ausführlich über eheliche Treue gesprochen und darüber, wie wichtig ein gutes Familienleben sei. Als Beispiel ehelicher Treue erzählte er von Odysseus, der die Unsterblichkeit aus den Händen der Kalypso ablehnte, um seiner Gattin Penelope treu zu bleiben.«

Vor allem Phileia schien eine sehr gute Zuhörerin gewesen zu sein, die auch verstanden hatte, was nur indirekt gesagt wurde.

»Man konnte spüren, wie Pythagoras alle Frauen in seinen Bann zog. Sie reagierten kaum, als er gegen die Prunksucht wetterte, vor allem bei Kleidern und Schmuck. Aber er sagte es auch so, dass er niemanden verärgerte.«

»Er kam immer wieder auf die Opfergaben. Nur keine toten Tiere opfern, sagte er. Er ist auch dagegen, dass der Mensch tote Tiere isst.«

Leon erinnerte sich daran, dass die alte Arigone ihm erzählt hatte, wie der junge Pythagoras als ihr Gast kein Fleisch hatte essen wollen. Das schien für seine Lebensführung also sehr wichtig zu sein. Hatte er nicht auch einmal den ganzes Tagesfang eines Fischers gekauft und wieder ins Meer geworfen? Das war alles sehr verwirrend, denn weder Leon noch Phileia und ihre Tochter konnten sich vorstellen, wie ein Mensch, ohne Fleisch oder Fisch zu essen, leben sollte.

»Das finde ich verrückt«, meinte Parthenia. »Wozu soll das gut sein?«

An die Antwort konnte sich Leon erinnern: »Pythagoras ist der Meinung, dass der Mensch nach seinem Tod in der Gestalt eines anderen Menschen oder eines Tieres wiedergeboren wird. Wenn man also ein Tier isst, kann man nie wissen, ob man nicht eine menschliche Seele isst.«

Aber auch Leon konnte in der Hinsicht dem Mann, den er so sehr bewunderte, nicht folgen.

»Damit wird er Schwierigkeiten bekommen«, meinte er. »Erst einmal hören sich alle aus Neugier an, was der Gelehrte zu sagen hat, aber es wird nicht lange dauern und es wird Widerstand geben. Ich kann mir außerdem nicht vorstellen, dass der Tyrann mit dem, was Pythagoras sagt, einverstanden ist. Das kann er einfach nicht sein. Ihr werdet sehen, das gibt großen Ärger.«

DIE SCHULE

Es war Simias, dem es zuerst auffiel, dass die Leute sich gegen die Vorstellungen des Pythagoras aufzulehnen begannen. In den Hafenschenken hörte er, wie junge Burschen mit abfälligen Bemerkungen die Lebensphilosophie des Gelehrten verspotteten.

»Stellt euch vor, wir sollten uns jeden Tag von oben bis unten waschen und frische Kleider anziehen. Am besten auch noch aus Leinen, nicht aus Wolle. Sauberkeit nennt er das. Und die findet er schrecklich wichtig.«

»Und? Wäschst du dich denn nun jeden Tag? Und wo sind deine Leinenkleider? Du hast ja schon eine Ewigkeit dieselben Lumpen an.«

»Ja glaubst du denn, ich bin verrückt! Ich bin doch kein Mädchen!«

»Bist du etwa darum abgehauen oder hat er dich rausgeworfen, weil du zu dumm bist?«

»Idiot! Ich hatte einfach keine Lust mehr. Ich möchte zwar gerne etwas lernen, aber doch nicht ewig, Tag für Tag. Und wenn ich es richtig verstanden habe, ist man als Schüler von Pythagoras keinen Moment mehr Herr seiner Zeit!«

»Wie viele der zehn Auserwählten sind denn noch übrig?«

»Vier! Und ich würde mich gar nicht wundern, wenn die auch bald die Sache hinschmeißen.«

»Ich bin gespannt, was der Tyrann dazu sagt.«

Simias mischte sich nicht ins Gespräch ein. Er war gerade mit Leon von einer Fahrt nach Alaschja zurückgekommen. Sie hatten eine Ladung Bronze und Terrakottafiguren nach Samos gebracht und er war müde. Nachdenklich am Wein nippend versuchte er auszurechnen, was die Reise ihm und Leon eingebracht hatte. Die Bronze war für einen Bildhauer, der an einer großen Kurosstatue arbeitete. Die Terrakottafiguren hatten reiche Leute als Opfergaben für die Tempel bestellt. Simias war davon überzeugt, dass eine solche Fahrt viel lohnender war als der gewöhnliche Transport von Mandeln aus Alaschja. Doch plötzlich wurde er aus seinen Grübeleien gerissen.

»Hippias ist wütend. Sein Sohn, mit dem er immer so angab, war der erste, den Pythagoras wegen Faulheit nach Hause geschickt hat. Das wird Hippias nicht auf sich sitzen lassen.«

»Dann kann er sich ja mit Lykourgos zusammentun. Du weißt ja, Lykourgos ist die rechte Hand des Tyrannen. Er hat großen Einfluss auf Aiakes, und Pythagoras tut sich sicher keinen Gefallen, wenn er sich mit dem Mann anlegt.«

»Wäre er doch fortgeblieben, dieser Pythagoras. Seinetwegen können wir noch großen Ärger bekommen.«

»Du hast wohl vergessen, dass Aiakes selbst ihm den Auftrag gegeben hat, diese Schule zu gründen.«

»Ich habe mir aber sagen lassen, dass das Aiakes schon längst leid tut. Zuerst hat er wohl geglaubt, Pythagoras wäre ein gutes Werkzeug, mit dem er seine Macht ausbreiten könnte. Er hat natürlich nicht damit gerechnet, dass der Mann sich nicht einfach für alles gebrauchen lässt. Aber wenn Aiakes zornig wird, dann kann das für unseren gelehrten Priester sehr gefährlich werden!«

Simias stand auf und zahlte seine Zeche. Über den Kieselstrand ging er langsam zurück nach Kalamoi. Ihm brummte der Kopf vor Müdigkeit und auch vom Wein. Er wollte ins Bett. Aber im Hinterkopf echoten die Stimmen aus der Schenke: Wenn Aiakes zornig wird, kann das sehr gefährlich werden.

Er hätte das Geschwätz in der Schenke nicht wichtig genommen, wenn Leon nicht so einen großen Respekt vor Pythagoras gehabt hätte. Morgen, wenn er ausgeschlafen haben würde, morgen würde er Leon erzählen, was er gehört hatte.

Es wehte ein kräftiger, heißer Wind, als Leon gegen Abend das Haus verließ und sich auf den Weg machte zum Haus des Mnesarchos am Hang des Ampelos. Er machte sich Sorgen. Simias hatte ihm alles erzählt und er wusste nur zu gut, wie schnell sich Widerstand regen konnte.

»Ich gehe und warne Pythagoras«, hatte er zu Phileia gesagt. »Ehe man sich's versieht, läuft alles aus dem Ruder.«

Sie hatte nicht versucht, ihn zurückzuhalten. Sie wusste, dass er recht hatte. Der Weg zu Mnesarchos' Haus war weit. Der Wind tobte durch die Olivenbäume und zerrte an Leons Kleidern. Aber er brachte keine Kühlung, im Gegenteil. Es war kaum jemand im Freien. Wer es sich erlauben konnte, suchte Schutz in seinem kühlen Haus.

Auf Mnesarchos' Hof war niemand zu sehen. Nur ein Hund schlug laut und wütend an. Daraufhin kam Zamolxis heraus. Er begrüßte Leon herzlich.

»Komm herein. Du möchtest sicher etwas Kühles trinken. Kommst du wegen Pythagoras? Der ist nicht da.«

Leon wollte nicht unverrichteter Dinge wieder gehen. Dafür war der Weg zu anstrengend gewesen. »Wo kann ich ihn finden? Ich muss ihn sprechen.«

»Er hat sich in die Grotte auf dem Kerkis zurückgezogen. Da geht er öfter hin, wenn er allein sein will.«

»Ist Aristeios bei ihm? Er ist doch nicht ganz alleine?«

»Doch. Wenn er ein besonderes Problem hat, will er niemanden um sich haben. Er sitzt an einem mathematischen Problem. Dabei kann er niemanden brauchen. Außerdem …«, Zamolxis senkte die Stimme zum Flüsterton, »nach den Enttäuschungen mit seinen Schülern kann ich mir gut vorstellen, dass er ab und zu keinen Menschen sehen will.«

Leon brauchte nicht zu fragen, Zamolxis erzählte ihm, dass von den vier übriggebliebenen Schülern auch noch drei abgesprungen seien, und der letzte könnte auch jederzeit aufgeben.

»Der Meister will ihn auf keinen Fall auch noch verlieren, denn es ist der begabteste Junge, den er auf Samos gefunden hat. Kennst du ihn vielleicht? Er heißt seltsam genug auch Pythagoras und ist der Sohn von Eratikles.«

»Ich bin ihm schon begegnet.«

»Er scheint ein mathematisches Genie zu sein, aber er ist so faul wie das Hinterteil eines Schweines. Wäre er nicht so begabt, hätte Pythagoras ihn schon längst nach Hause geschickt. Aber er versucht ihn zu halten und mit einer Belohnung für jede Leistung zu mehr Fleiß anzustacheln.«

»Eine Belohnung?« Das hörte sich für Leon unglaubwürdig an.

»Ja.« Zamolxis schaute zur Tür und fuhr flüsternd fort: »Einen Stater für jede gelöste Aufgabe. Das ist doch verrückt!«

»Und wer gerne möchte, der hat keine Chance«, sagte Leon bitter, »und wem es möglich ist, der muss noch gekauft werden. Das finde ich widerlich.«

»Sag niemandem, dass ich dir das erzählt habe«, sagte Zamolxis flüsternd.

»Pythagoras wird wissen, was er tut. Aber es ist und bleibt ärgerlich. Nach vielen, vielen Jahren kehrt er zurück auf seine Insel, unendlich viel Wissen hat er erworben und Samos, das davon profitieren könnte, lässt alle Möglichkeiten sausen. Findest du es da so komisch, dass er sich ab und zu zurückzieht?«

Leon war nicht für eine Plauderstunde gekommen. Er witterte eine Gefahr und er wollte Pythagoras warnen. Da er selbst nicht da war, musste er das, was er ihm sagen wollte, eben dem Vater mitteilen.

»Kann ich Mnesarchos sprechen?«

»Ich werde ihn fragen. Aber vergiss nicht, Mnesarchos ist alt. Ihm geht es in letzter Zeit immer schlechter. Du darfst ihn nicht anstrengen.«

Zamolxis hatte nicht übertrieben. Leon erschrak, als er Mnesarchos wiedersah. Der Baumeister war immer ein würdevoller, hochgewachsener Mann mit aristokratischer Haltung gewesen. Nun sah Leon einen von den Jahren gezeichneten, gebrechlichen alten Mann. Aber der Geist war wach wie früher. Mnesarchos hörte Leon an und nickte.

»Ich sehe ein, dass mein Sohn in Schwierigkeiten ist. Ich werde ihm mitteilen, was du mir gesagt hast. Aber ich glaube nicht, dass er deshalb seine Einstellung oder seine Pläne ändern wird.« Und auch Mnesarchos erzählte, dass die Schule ein Fiasko war. »Weil sie zu faul waren, hat mein Sohn die meisten Schüler wegschicken müssen. Ein paar haben von sich aus aufgegeben. Jetzt hat er seine Hoffnung allein auf seinen Namensvetter gesetzt. Er sagt, die Entdeckung eines Genies würde alle Misserfolge aufwiegen. Aber ich danke dir dafür, dass du gekommen bist, Leon. Ich werde ihm mitteilen, was du mir gesagt hast.«

Als Leon sich auf den Heimweg machte, hatte sich der Wind etwas gelegt. Die Nacht war dunkel, denn als der Wind nachließ, waren Wolken aufgezogen. Unterwegs zum Strand dachte Leon plötzlich daran, dass der alte Mnesarchos nichts von den Belohnungen gesagt hatte, die der einzige verbliebene Schüler für seine Leistungen bekam. War ihm das peinlich? Oder wusste er vielleicht gar nichts davon? Als Leon Kalamoi erreicht hatte, brach kurz der Mond durch die Wolken, doch nur für einen Moment. Er sah, wie sich sein Schiff als dunkle Silhouette vor dem Himmel abzeichnete. Die Wolkendekke schloss sich wieder. In gedrückter Stimmung kam Leon heim zu Phileia. Er hatte das Gefühl, dass etwas Schreckliches passieren würde und er nichts dagegen tun könnte.

Nicht nur die Jüngeren zogen über Pythagoras her. Auch für die Inselregierung war der Gelehrte das Tagesthema. Immer mehr kritische Stimmen wurden laut, immer mehr Leute hatten etwas gegen die Lebensart, die Lehre, die Reden des Mannes, den sie aber doch irgendwie als allen überlegen empfanden. Manche meinten, er bekomme zu viel Einfluss, weil er in Verwaltungsangelegenheiten regelmäßig um Rat gefragt wurde. Andere wiederum fanden, dass einer mit so viel Wissen viel mehr in die Regierungsgeschäfte einbezogen werden müsste. Man versuchte, Pythagoras in Streitfälle und Auseinandersetzungen hineinzuziehen. Es zeigte sich aber bald, dass das mit ihm nicht zu machen war. Wenn es ihm möglich war und er es für richtig hielt, gab er seinen Rat, aber er ließ sich nicht in politische Ränke hineinziehen. Und auch das schuf ihm Feinde.

Der Mann, der am heftigsten gegen Pythagoras auftrat und nicht davon abließ, überall und jederzeit seine Meinung über ihn zu verbreiten, war Lykourgos, die rechte Hand des Tyrannen Aiakes.

»Ich habe ihm nie getraut«, sagte er zum wiederholten Male zu den Männern im großen Saal auf der Akropolis. »Er ist ein typischer Aristokrat, und zwar einer der alten Art. Dazu steht er. Vor einigen Tagen habe ich im Theater einen Vortrag von ihm gehört. Er redete dauernd davon, dass für alles die Einheit das oberste Prinzip sei. Einheit von Wissen und Religion, jedenfalls so weit ich das verstanden habe. Davon redete er ununterbrochen. Ich bin regelrecht eingeschlafen, aber da sagte er dann etwas derartig Gefährliches, dass ich sofort hellwach war. Er wagte es, öffentlich auszusprechen, dass seiner Ansicht nach die Meinung der Elite der Meinung der Masse überlegen sei! Nun, was sagt ihr dazu?«

Mit einem Schlag wurden die Stimmen lauter. Er hatte sie also mit dieser Nachricht wachgerüttelt.

»Das kann Aiakes nicht hinnehmen!«, rief einer.

»Aiakes ist weit weg. Der ist erst mal am persischen Hof. Niemand weiß, wann er wiederkommt.«

Es schien, als wolle Lykourgos etwas sagen, aber im letzten Moment besann er sich. Mit einer Handbewegung gab er zu verstehen, dass die Versammlung beendet sei und alle heimgehen könnten. In seinem Kopf nahm ein Gedanke Gestalt an, der jedoch sehr vorsichtig in die Tat umgesetzt werden müsste, der nicht sofort der ganzen Versammlung mitgeteilt werden durfte.

In der Grotte hoch oben auf dem Kerkis war Pythagoras zu einem Ergebnis gekommen. In der Einsamkeit, die er brauchte, um sich konzentrieren zu können, hatte er die Voraussetzungen zur Berechnung von Dreiecken gefunden. Äußerst zufrieden beschloss er, am nächsten Morgen zu seinem Haus am Hang des Ampelos und seinem einzigen Schüler zurückzukehren. Manchmal zweifelte er daran, ob es wohl richtig sei, diesen faulen Namensvetter immer wieder für eine erbrachte Leistungen zu belohnen. Hin und wieder dachte er, er verschwende seine Zeit und sollte sich besser der Wissenschaft widmen. Aber dann verwarf er den Gedanken wieder. Die Ausbildung der Jugend von Samos war ein großer Misserfolg. Die Jugend war zu faul geworden und zu genusssüchtig. Es war bitter, das einsehen zu müssen. Aber es zu leugnen wäre töricht.

»Wenn es mir gelingt, einen begabten Schüler heranzubilden, werde ich das ganze Experiment nicht als gescheitert betrachten«, hatte er zu seinem alten Vater gesagt. »Ich bin davon überzeugt, dass dieser Schüler die Mühe lohnt.«

Ob der junge Pythagoras in der Zeit, die sein Lehrer in der Grotte verbracht hatte, die gestellte Aufgabe wohl erledigt hatte?

Von der hochgelegenen Grotte schaute Pythagoras über die steilen Hänge. Die Sonne war im Westen im Meer verschwunden. Deutlich sichtbar lagen die Inseln Fourni und Nikaria als schwarze Flecken im silbrigen Meer. Ein Gefühl großer Ruhe und Zufriedenheit überkam den Gelehrten. Die Schönheit seiner Insel, die Erhabenheit des Kerkis, die Aussicht auf die in der Tiefe liegende Küste bewegten ihn tief. Er fühlte, wie sehr er diese Insel liebte und wie glücklich er war, nach all den Jahren heimgekommen zu sein. Die Enttäuschungen, die er seit seiner Heimkehr hatte hinnehmen müssen, konnten sein Vertrauen in die Zukunft nicht zunichte machen. Vielleicht, vielleicht würde etwas aus dem einen Schüler!

Pythagoras ging zurück zu seiner Schlafstätte hinten in der Grotte. Sobald das erste Morgenlicht in die Grotte drang, machte er sich bereit für den Heimweg. Der erste Teil des Weges war schwierig und gefährlich. Die hoch und einsam gelegene Grotte war nur über einen schmalen, sehr steilen und an tiefen Abgründen vorbeiführenden Trampelpfad zu erreichen. Die größte Gefahr waren rollende Steine, auf denen man ausrutschen konnte. So früh am Tag war es noch angenehm kühl. Vorsichtig suchte sich Pythagoras den Weg hinunter. Als die Sonne heiß zu brennen begann, hatte er die ausgedehnten Wälder der Pappeln, Pinien, Kastanien- und Walnussbäume erreicht.

Er wusste, dass er ungefähr die Hälfte des Weges vor der größten Hitze des Tages zurückgelegt haben könnte. Als er an einen Bach kam, machte er eine kurze Pause und trank etwas, aber viel Zeit gönnte er sich nicht. Ab und zu kam er an einem einsamen, von Olivenbäumen umgebenen Haus vorbei. Die Welt um ihn herum sah vollkommen und friedlich aus. Das gab dem Gelehrten neue Kraft, neuen Tatendrang, um an seiner Aufgabe weiterarbeiten zu können.

Als die Sonne ihren höchsten Stand erreicht hatte, kam er an einen kleinen Fluss, der nach Norden plätscherte. In der warmen Luft dufteten Lygossträucher mit ihren roten, rosa und weißen Blüten. Tamarisken und Oleandersträucher wetteiferten in ihrer Pracht mit dem Lygos. Bienen summten von Blüte zu Blüte. Es war ein außergewöhnlich schönes Fleckchen Erde, gerade recht, um unter dem würzig duftenden Blätterdach Mittagsruhe zu halten.

Pythagoras ließ sich ein handförmiges Lygosblatt durch die Finger gleiten. Der älteste Baum der Welt, dachte er. Der heilige Baum. Nirgends blühte der Lygos so schön wie auf Samos, wo er oft zu einem gewaltigen Baum wurde, wie das Prachtexemplar im Heraion, das vier Mann hoch war.

Er dachte an seinen Lehrsatz, dass Harmonie eine aus Gegensätzen gebildete Einheit sei. Im Schatten der Sträucher am Ufer des Flusses streckte er sich aus und dachte darüber nach, wie sehr doch seine zufriedene Stimmung ganz im Gegensatz stand zu den Enttäuschungen, die er seit seiner Heimkehr hatte hinnehmen müssen. Mit dem Gedanken schlief er ein.

Das letzte Wegstück, unten am Ampelos entlang zum Osthang, war das anstrengendste. Die Erschöpfung machte sich bemerkbar. Pythagoras spürte deutlich, dass er auf die Sechzig zuging und nicht mehr die Kraft eines jungen Mannes hatte. Und genau das ärgerte ihn gewaltig.

Die Abenddämmerung dauert auf Samos nie lange. Außerdem waren Wolken aufgezogen. Immer wieder schoben sie sich vor den Mond und die Sterne. Unter den Bäumen am Berghang war es schon dunkel, als sich Pythagoras dem Haus seiner Eltern, das nun auch seines war, näherte. Gespenstisch wogten die Kronen der Platanen über ihm in der leichten, vom Meer her wehenden Brise.

Als er unter dem Blätterdach hervorkam und den Weg zum Haus erreichte, merkte er, dass sich etwas in den Sträuchern bewegte. Ganz kurz blieb er stehen, um zu sehen, welches Tier vor ihm floh. In dem Moment flog etwas an seinem Kopf vorbei und traf einen Baumstamm. Überrascht ging Pythagoras einen Schritt auf den Baum zu, um zu sehen, was da durch die Luft geflogen war. Aus dem Stamm einer Platane ragte ein dunkler Gegenstand. Er streckte die Hand danach aus und sah, dass es der Griff eines Dolches war. Die Klinge ragte halb aus der Baumrinde hervor und glänzte bläulich im Mondlicht, das durch die Wolken fiel. Im Haus schlug ein Hund an, dann war eine Stimme zu hören. Die Tür wurde aufgerissen, ein tanzendes Licht kam ihm entgegen und eine bekannte Stimme rief: »Herr, bist du es?«

Hinter sich hörte Pythagoras Sträucher rascheln und unter dem Gewicht sich schnell entfernender Schritte Zweige brechen.

In einer abgelegenen Fischerhütte am Kiesstrand außerhalb der Stadtmauern saßen drei Männer auf einer Kiste und einigen Tonnen. In der stockdunklen Hütte stank es nach Fisch. Obwohl in weitem Umkreis sonst keine Hütte und kein Haus zu sehen waren, flüsterten die Männer.

»Ich dachte, du seist ein so guter Messerwerfer!«, Lykourgos wurde laut vor Wut, beherrschte sich aber sofort wieder. Flüsternd fuhr er fort: »Im Kerkis, hatte ich gesagt. Was denkst du dir dabei, es hier zu tun, so nah bei der Stadt!«

»Ich konnte nicht herauskriegen, wo genau er saß. Es gibt so viele Grotten im Kerkis. Das ist ein absolut unzugängliches Gebiet. Da lebt niemand. Ich konnte mich nirgends erkundigen.«

»Gerade darum! In einer Schlucht des Kerkis hätte ihn nie jemand finden können!«

»Du hast gesagt, es sollte schnell gehen. Bevor Aiakes zurückkommt. Ich dachte, wir dürften nicht warten.«

»Ich dachte, ich dachte. Überlass das Denken Leuten mit Gehirn. Jetzt sitzen wir in der Klemme. Er weiß jetzt, dass ihm aufgelauert wird.«

Battos, der dritte Mann, der bisher geschwiegen hatte, mischte sich ein. »Wie konntest du ihn auf die kurze Entfernung verfehlen? Der Mann ist immer weiß gekleidet. Kann man sich im Dunkeln ein besseres Ziel wünschen? Ist das Messer erkennbar?«

»Nein, da steht kein Name drauf.«

»Du bist ein Ochse! Lass dir gesagt sein, dass ich dich fallen lasse, wenn sie dich erwischen. Auf mich brauchst du nicht zu bauen. Und bezahlen werde ich erst, wenn die Sache erledigt ist.«

»Das nächste Mal treffe ich!«

»Das rate ich dir. Und jetzt hau ab.«

Der gedungene Mörder verschwand in der Nacht. Die beiden anderen warteten, bis sie seine Schritte im Kies nicht mehr hören konnten. Dann verliessen auch sie die Hütte.

Pythagoras hielt im Theater einen Vortrag. Obwohl nicht mehr so viele Leute kamen wie unmittelbar nach seiner Heimkehr, war das Theater doch gut besucht. Aus dem echten Interesse der ersten Stunde war Neugier geworden. Da saßen sie, die Jungen von Samos, die nicht zur Schule ausgewählt und darum in ihrem Stolz gekränkt worden waren, die neun, die er zwar ausgewählt hatte, die er aber bald wieder nach Hause geschickt hatte, die immer kleiner werdende Gruppe der Inselbewohner, die Pythagoras noch bewunderten und verehrten, und die Gefolgsleute des Tyrannen, die größtenteils seine Gegner geworden waren.

Am Hang beim Tunneleingang war es angenehm kühl. Die Zuhörer, die aus den verschiedensten Gründen gekommen waren und nun um den offenen Kreis herum saßen, von dem aus der Gelehrte zu ihnen sprach, hatten kein Auge für die herrliche Aussicht auf das silbrig glänzende Wasser zwischen Kriegs- und Handelshafen. Alle Augen waren auf die schlanke, würdevolle Gestalt gerichtet und alle wunderten sich über das Thema seiner Rede.

Pythagoras sprach über den Tod. In der Stille des Abends war seine Stimme bis in die hintersten Reihen gut zu verstehen. »Fürchtet nicht, das Leben zu verlieren, denn der Tod ist nur ein anderer Wohnsitz.«

Die weiße Gestalt strahlte große Überzeugungskraft aus, eine natürliche Überlegenheit. Er sprach in einfachen Worten, denn er wusste, dass die meisten seiner Zuhörer einfache Leute waren. Die Jungen, fest entschlossen, sich nicht beeindrucken zu lassen, fanden keine Worte der Kritik. Die Inselregierung, die nur darauf wartete, dass er etwas sagte, was für Aiakes oder den persischen König gefährlich sein könnte, fand in dem Vortrag keinen Anhaltspunkt.

Auf dem Heimweg überdachten und diskutierten sie, was sie gehört hatten. Sie waren überzeugt davon, dass er einiges gesagt hatte, womit sie nicht einverstanden sein konnten, aber er hatte sich so ausgedrückt, dass sie keine Gegenargumente finden konnten.

Lykourgos verließ gemeinsam mit Battos das Theater. Eine ganze Weile schwiegen beide. Schließlich sagte Lykourgos: »Der Mann ist unangreifbar!«

»Wie meinst du das?«

»Die Ruhe, mit der er spricht, was er sagt, obwohl er doch weiß, verdammt gut weiß, dass ihm jemand nach dem Leben trachtet.«

»Er hat keine Angst.«

In Battos' Stimme schwang ein gewisser Ton der Bewunderung, was Lykourgos sehr ärgerte. Da er nicht in Worte fassen konnte, was ihn so sehr ärgerte, bezog er sich auf einen Ausspruch des Gelehrten: »Wer verkündet, die Meinung der Elite sei wichtiger als die der Masse, ist eine Gefahr für uns, für den Tyrannen, für die Perser.« Doch wovon er nicht sprach, war sein schrecklicher Verdacht, Pythagoras könnte wissen, wer ihm nach dem Leben trachtete. Und auch darüber sprach er nicht, dass Pythagoras in seiner Rede hatte durchschimmern lassen, er würde wegen eines Mordversuches keinen Fingerbreit zurückweichen. Er schien wirklich keine Angst zu haben.

Abergläubische Furcht überfiel Lykourgos. Konnte Pythagoras Gedanken lesen? Aber er hütete sich, den Gedanken auszusprechen.

Leon und Simias hatten eine Ladung Samos-Erde nach Milet gebracht. Um die Heimfahrt lohnend zu machen, warteten sie auf eine Ladung Getreide. Im Hafenviertel herrschte mehr Betrieb als sonst. Bürger liefen zwischen den Hafenarbeitern und Händlern hin und her. Was wollten sie im Hafen? Warum unterhielten sie sich mit den Seeleuten? Leon erfuhr es, als er selbst von einem Mann, der bestimmt nicht wie ein Händler aussah, angesprochen wurde. Der Mann trug ein makelloses langes Gewand und machte einen wohlhabenden Eindruck.

»Bist du der Besitzer dieses Bootes?«

»Das bin ich.«

»Wohin geht die Fahrt?«

»Sobald ich meine Ladung habe, fahre ich ab nach Samos.«

»Nach Samos«, wiederholte der Mann. Offensichtlich war er enttäuscht. »Ich suche ein Schiff, das mich nach Groß Hellas bringt.«

Leon bat ihn an Bord und zeigte ihm den Ruderriemen, auf den er vor nicht allzu langer Zeit eine primitive Kopie der Karte eingeritzt hatte, die Pythagoras in den Sand von Delos gezeichnet hatte. Er deutete auf die ionischen Kolonien an der Südküste von Italia. »Meinst du hierhin?« Er hatte seine Freude an dem überraschten Gesicht des Mannes, der sofort begriff, was er meinte. Es schien, als habe er es mit einem Gelehrten zu tun, der die Karte des Anaximander kannte.

»Ja, ich will nach Sybaris. Kannst du mich, meine Frau und meinen Sohn mitnehmen? Ich werde dich gut bezahlen.«

»Ich kann dich mitnehmen, aber ich fahre nicht weiter als bis zum Handelshafen von Samos. Dort musst du dann versuchen, ein Schiff zu finden, das dich weiter nach Westen bringt.«

Am nächsten Tag verließ Leon den Hafen von Milet mit einer Ladung Getreide und der Familie des Gelehrten an Bord. Die Fahrt nach Samos dauerte nicht lange. Das Wetter war gut und so hatte Leon genügend Zeit für ein Gespräch mit seinem Passagier. Da erfuhr er, dass viele Ionier den Wunsch hatten, in den Westen von Groß Hellas zu ziehen, weil sie nicht unter der Herrschaft der Perser leben wollten, die an der Küste eine Stadt nach der anderen unterworfen hatten.

»Wir leben hier unter persischer Herrschaft. Viele ziehen in den Westen, weil man in Sybaris, in Kroton und in Taras noch so leben kann, wie wir es gewohnt sind«, hatte der Passagier gesagt.

Die Nachricht interessierte Leon. Seit dem Tod des Polykrates war auch Samos dem Willen der Perser ausgeliefert. Das gefiel ihm überhaupt nicht, doch dachte er nicht daran, seine Geburtsinsel zu verlassen. Aber Leon wusste, dass Pythagoras immer mehr Feinde auf der Insel hatte und dass sogar ein Mordanschlag auf ihn verübt worden war.

Am Abend sagte er zu Phileia: »Viele Ionier, vor allem Gelehrte, wandern aus in die Kolonien nach Italia. Ich verstehe nicht, dass Pythagoras noch hierbleibt. All die Mühe, die er sich mit der Schule macht, das ist doch Sisyphusarbeit. Er ist zu groß für Samos. Samos ist es gar nicht wert, dass er hier bleibt!«

Phileia hatte auf dem Markt in Samos-Stadt einen Sklaven des Pythagoras getroffen. Von dem wusste sie, dass es dem alten Mnesarchos sehr schlecht ging und die Familie jeden Augenblick mit seinem Tod rechnete.

»Pythagoras wird nie und nimmer gehen, solange sein kranker Vater ihn noch braucht«, antwortete sie. »Wenn er überhaupt fortgehen will. Das ist noch sehr fraglich.«

Leon musste immerzu an die ionischen Städte im Westen denken. In allen Häfen, in denen er anlegte, versuchte er, mehr zu erfahren, und immer wieder hörte er das Gleiche, ob in Ephesus, in Priene, in Milet oder in Halikarnassos. Wer es sich erlauben konnte, versuchte ein Schiff zu finden, um in den Westen Hellas' auszuwandern.

Es verging ein Mond. Dann wurde bekannt, dass Mnesarchos gestorben war. Der berühmte Baumeister war sechsundachtzig Jahre alt geworden. Er hatte auf der Insel großen Respekt genossen und war bei der Bevölkerung sehr beliebt gewesen, und zwar obwohl er zu den wichtigsten Aristokraten gehörte. Man hatte nicht vergessen, dass er Samos vor einer Hungersnot gerettet hatte und dafür zum Ehrenbürger ernannt worden war. Nur der Tyrann und seine Gefolgsleute hatten gegen den Erbauer des Apollontempels gemischte Gefühle gehegt. Da nun, nach seinem Tod, von ihm nichts mehr zu befürchten war, wurde Mnesarchos auch von ihnen überschwänglich gelobt und gepriesen.

Nach den Begräbnisfeierlichkeiten ging Leon zum Haus des Gelehrten, um ihm zu erzählen, was er in den Häfen auf dem Festland gehört hatte. Doch Pythagoras war nicht zu Hause. Von Zamolxis hörte Leon, dass er sich nach der Beerdigung seines Vaters für einige Zeit in die Grotte im Kerkis zurückgezogen hatte, um sich auf mathematische Probleme konzentrieren zu können. Diesmal hatte er seinen einzigen Schüler mitgenommen. Auch Pythaida hatte sich zurückgezogen. »Störe sie nicht«, sagte Zamolxis, »sie hat es in diesen Tagen schon schwer genug. Du würdest sie nur noch mehr beunruhigen, wenn du ihr etwas vom Auswandern sagen würdest. Ich gebe dir Bescheid, wenn Pythagoras wieder da ist.«

Obwohl nichts Beunruhigendes geschah, wurde Leon von einem Vorgefühl gequält. Nachts schrak er aus schlimmen Träumen auf, in denen er sah, wie Pythagoras ermordet wurde. Als wollten die Götter ihn warnen oder als verlangten sie von ihm, dass er etwas unternähme, um drohendes Unheil abzuwenden. Doch das Leben auf der Insel schien seinen normalen Gang zu gehen. Aiakes war immer noch beim großen König und immer noch erledigten seine Gefolgsleute die Regierungsgeschäfte in seinem Namen. Und immer noch gab Lykourgos den Ton an. Das Volk murrte über die Steuern, die ihnen die Perser auferlegten, aber niemand unternahm etwas dagegen.

Der Sommer war vorbei. Stürme und schwere Regenfälle kündigten den Winter an. Die Fischerflotte lag im Hafen. Die Handelsschifffahrt war eingeschränkt. Kleine Flüsse schwollen zu ungestümen Strömen an und im Hafen klatschten die Wellen gegen Ufermauern und Anlegestege. Brausend schoss das Wasser durch den Tunnel des Eupalinos. In der Stadt waren wenig Leute auf den Straßen. Auch in Kalamoi blieb jeder, der konnte, im Haus.

Phileia saß an ihrem Webstuhl, Parthenia flocht Bienenkörbe für die Imker, Simias reparierte Netze und Segel. Auf einem gegerbten

Lederlappen zeichnete Leon sorgfältig die Karte nach, die er sich auf den Ruderriemen gekratzt hatte. Um Linien korrigieren zu können, benutzte er ein Stückchen Holzkohle. Als er mit dem Ergebnis zufrieden war, erhitzte er einen Bronzestift im Feuer und brannte damit die Holzkohlenlinien ins Leder ein.

Im Heraion tropfte das Wasser von den großen Kurosstatuen, sammelte sich in Bronzekratern, bis es überschwappte und über die Greifen-Köpfe herabfloss. Die Imbrasosmündung hatte sich in einen sumpfigen Morast verwandelt. Das Boot, das Kolaios geopfert hatte, nachdem er die Säulen des Herakles erreicht hatte, stand mitten im Heraion. Es war bis zum Rand mit Wasser gefüllt und sah aus wie ein kleiner Teich. Der Regen trommelte aufs Dach von Leons Haus.

»Ist Pythagoras noch im Kerkis?«, fragte Phileia. Leon schob mit einem zufriedenen Gesicht die Lederkarte von sich. Er war in Gedanken anderswo.

»Was sagst du?«

»Ist Pythagoras noch nicht zu Hause?«

»Nein, das heißt gestern war er es noch nicht. Und es ist auch nicht wahrscheinlich, dass er bei diesem Wetter seine Grotte verlässt.«

»Das wäre Selbstmord!« Simias kannte den Kerkis besser als Leon. »Der Regen spült alles von den Hängen. Bei jedem Schritt rutscht man aus.«

»Das ist schlimm. Er sitzt bei diesem Wetter wieder völlig von der Welt abgeschieden in diesem Berg und keiner weiß, wie lange.«

»Einen Vorteil hat es.« Simias war fertig mit der Reparatur seines Netzes. Er stand auf, ging zur Tür und schaute durch die Regenwand aufs Meer. »In der Grotte gibt es kein Wasser. Das muss Pythagoras von weit her holen. Jeden Krug Wasser muss er an Abgründen vorbei zur Grotte schleppen. Jetzt braucht er die Krüge nur vor die Grotte zu stellen.«

Parthenia lachte. »Du siehst immer alles von der guten Seite.«

Sie führten kurze Gespräche über alltägliche Dinge. Aber immer wieder kam man dabei auf Pythagoras.

In letzter Zeit hatten immer mehr Leute hämische oder sogar gehässige Bemerkungen über den Gelehrten gemacht. Woran lag das? Vermutlich spielten gekränkte Eitelkeit und Neid eine Rolle. Die natürliche Überlegenheit des Priester-Gelehrten ließ viele ihre eigene Unzulänglichkeit spüren. Jede Bemerkung über den vermeintlichen Hochmut des Pythagoras verschaffte ihm Feinde, wo er es selbst nie vermutet hätte.

Die Gefolgsleute des Tyrannen hielten den Mann, den sie anfangs bewundert hatten, nun für eine uneinschätzbare Gefahr. Bei dem schlechten Wetter hockten sie im Palast auf der Akropolis, in Häusern und Hafenschenken zusammen und da sie sonst nichts zu tun hatten, gedieh der Klatsch. Immer wieder kamen sie in hitzigen Gesprächen darauf, dass Pythagoras gesagt hatte, er hielte die Meinung der Elite für wichtiger als die der Masse. In den verschiedensten Variationen, passend und unpassend und in völlig anderem Zusammenhang als der Gelehrte sie je geäußert hatte, machte sich diese Aussage selbstständig.

Während der Regen auf die Dächer trommelte, kam das Gerücht auf, der Priester-Gelehrte sitze in einer Grotte im Kerkis und bereite sich auf eine Machtübernahme vor. Wer das Gerücht aufgebracht hatte, wusste niemand, doch Lykourgos verbreitete es nur allzu gern.

Einer, der noch seinen gesunden Verstand gebrauchte, meldete zögernd Widerspruch an: »Pythagoras hat sich doch sogar geweigert, in die Politik hineingezogen zu werden.«

»Das war ein geschickter Schachzug, ein Ablenkungsmanöver.«

»Aiakes hat ihn doch gebeten, eine Schule aufzubauen. Das hätte der Tyrann nie getan, wenn er den Mann für gefährlich gehalten hätte.«

»Aiakes hat sich geirrt. Das ist menschlich. Aber man muss eine falsche Entscheidung auch korrigieren können. Er ist nun schon eine Weile beim großen König und weiß nicht, wie sich die Dinge hier entwickeln.«

Der Mann, der Lykourgos widersprochen hatte, verlor schnell an Boden. Aber er wusste genau, dass zu Unrecht Stimmung gemacht wurde. Warum? Pythagoras hatte doch niemandem einen Stein in den Weg gelegt. Er machte einen letzten Versuch: »Wenn er einen Vortrag hält, kommen immer noch viele Leute ins Theater, auch wenn es nicht mehr so viele sind wie am Anfang.«

»Pythagoras ist ein Volksverführer. Er spielt mit der Masse. Und gerade das macht ihn gefährlich.«

Zustimmendes Gemurmel wurde laut. Der, der noch vernünftig argumentierte, sprach zu tauben Ohren und verließ verärgert die volle Hafenschenke. Draußen blieb er eine Weile im strömenden Regen stehen und schaute aufs Meer. Im Nu war er durchnässt. Warum? fragte er sich. Was geht hier vor? Er fand keine Antwort und schlurfte durch den Schlamm nach Hause.

ZU GROSS
FÜR EINE KLEINE INSEL

In einem für Leon völlig unerwarteten Moment wurde die Bedrohung plötzlich sehr ernst. Simias war in Samos-Stadt auf dem Markt gewesen. Dort hatte er ein paar Worte aufgefangen, die ihn alarmierten. Es schienen eigentlich eher unschuldige Worte zu sein:

»Wird eigentlich noch was draus?«, fragte ein als gewalttätig bekannter Mann einen brutal aussehenden Kerl, der auf der Pier saß und mit seinem Dolch spielte. »Du immer mit deinem großen Mund. Du wolltest Lykourgos doch mal eben einen Gefallen tun?«

»Zieh ab, Mann! Er sitzt wieder im Kerkis. Wenn du es besser kannst, dann tu du es doch!«

Das Wort Kerkis traf Simias wie ein Peitschenschlag. Er tat, als habe er nichts gehört, als habe er die Männer auf der Pier nicht einmal bemerkt. Er versuchte unauffällig etwas näher heranzukommen, aber er konnte nicht hören, was sie sonst noch sagten. Nach einer Weile sah er den Mann mit dem Dolch aufstehen und fortgehen. Der andere rief ihm nach: »Wir sehen uns morgen Abend bei Battos!« Beide tauchten in der Menge unter.

Simias beeilte sich, nach Kalamoi zurückzukommen. Er ging zu Leon und sprach mit ihm über das, was er aufgeschnappt hatte.

»Das kann natürlich ganz harmlos sein, aber die Bemerkung über den Kerkis ..? Wer anders als Pythagoras kann gemeint sein?«

Leon hatte keinen Zweifel. Es wurde wieder ein Anschlag geplant. Was sollte er tun? Er konnte doch nicht tatenlos zusehen, wie alles immer bedrohlicher wurde.

»Wenn du das jemandem erzählst, wird er dich auslachen. Ihr

müsst Beweise bringen, nicht ein paar lose Sprüche, die alles Mögliche bedeuten können.« Phileia sprach aus, was Leon und Simias so oder ähnlich auch dachten.

»Aber glaubst du denn nicht, dass da wieder etwas ausgebrütet wird?«

»Natürlich glaube ich das. Simias hat schon richtig verstanden, was er da gehört hat. Aber wer sonst noch? Nicht einmal Pythagoras glaubt dir, wenn du nicht mit Beweisen kommst.«

Im Haus war es schon schummerig geworden. Das Plätschern der kleinen Wellen am Strand war das einzige Geräusch, das von draußen zu hören war. Leon murmelte vor sich hin: »Morgen abend ... bei Battos.« Plötzlich begriff er: »Die Fischerhütte von Battos liegt am weitesten weg von der Stadtmauer, dort wo die Pinien stehen. Das ist ein Ort, an dem man sich unbemerkt treffen kann. Ich gehe hin, morgen abend. Ich verstecke mich im Pinienwäldchen. Von da aus kann ich sehen, ob sich Leute in der Hütte treffen und wer es ist. Ich werde versuchen, sie zu belauschen.«

Beim Licht einer Öllampe saßen sie in der dunklen Fischerhütte. Tür und Fenster waren verschlossen, Schatten tanzten an den Wänden der stickigen Hütte. Diese Verschwörung hatte etwas von einer geheimen Gerichtsverhandlung. Lykourgos hatte den Vorsitz.

»Wir sind hier zusammengekommen, um die Sache Pythagoras zu verhandeln«, begann er. »Jeder von uns ist der Meinung, dass dieser Mann verschwinden muss.«

Ein bedächtiger älterer Mann äußerte zögernd seine Zweifel: »Aiakes hatte große Pläne mit Pythagoras. Die sind zwar alle fehlgeschlagen, aber ich glaube trotzdem, dass wir nicht ohne den Tyrannen über Pythagoras urteilen können. Wir müssen warten, bis Aiakes zurück ist.«

»Du bist kurzsichtig. Aiakes ist schon eine ganze Weile am persischen Hof. Heute hörte ich von einem Fischer, der aus dem Propontis kam, dass er nun mit der Armee des Dareios gegen die Skythen marschiert. Das kann lange dauern. Muss hier deshalb alles außer Kontrolle geraten? Vergiss nicht, dass die Macht nun in unseren Händen liegt, die Macht und die Verantwortung.«

Unruhe kam auf. Alle, die hier versammelt waren, waren aus verschiedenen Gründen Gegner des Pythagoras, aber die Meinungen darüber, was zu unternehmen sei, waren geteilt.

»Warten wir bis der Tyrann zurück ist.«

»Das wird zu lange dauern.«

»Wir dürfen nicht übereilt handeln. Wir sollten alles noch einmal der Reihe nach durchgehen.«

»Sehr gut. Battos, du fängst an.«

Battos rutschte etwas in den Lichtkreis vor. Er sprach hastig, als fürchtete er, nicht genug Zeit zu haben, all das loszuwerden, was er sagen wollte.

»Wenn wir warten, hat er Zeit, seine Ideen zu verbreiten. Er bekommt Zulauf, Anhänger. Das müssen wir verhindern.«

Der bedächtige Alte fiel ihm ins Wort: »Du sagst doch selbst, dass sein Plan, die Jugend zu unterrichten, fehlgeschlagen ist. Er hat kaum Anhänger.«

»Sag das nicht. Die Jugend von Samos ist faul. Sie mögen keine Disziplin und keine schwere Arbeit. Aber sie gehen ins Theater, wenn Pythagoras einen Vortrag hält.«

»Aus Neugier Mann, mehr nicht.«

»Kann sein.« Battos begann sich aufzuregen. »Aber der Mann ist ein so guter Redner, dass beim Volk immer etwas hängen bleibt. Auf Dauer ist das äußerst gefährlich. Bei den Frauen spürt man seinen Einfluss jetzt schon deutlich. Er hält schöne Reden über den Wert der Familie, die Rolle der Mutter und die eheliche Treue. Meine Frau fängt schon an, sich mir zu widersetzen.«

Alle verstanden sehr gut, was Battos meinte. Auch war es allgemein bekannt, dass er es mit der Ehemoral nicht so genau nahm.

»Und dann die verrückte Forderung, keine Tiere zu opfern, keine Tiere zu schlachten, kein Fleisch mehr zu essen!«

Jemand rief: »Wovon sollen wir dann noch leben? Warum verkündet er so etwas? Sollen wir denn alle verhungern?«

Lykourgos erkannte, dass die Versammlung auf diese Art chaotisch zu werden drohte und endlos dauern würde. Er versuchte einzugreifen.

»Der Mann glaubt an Seelenwanderung«, warf er ein. »Er sagt, der Mensch werde nach seinem Tod in anderer Gestalt wiedergeboren. Vielleicht sogar als Tier. Darum. Lasst ihn glauben, was er will, aber ich halte solche Ideen für gefährlich. Außerdem ist er gegen alles, was dem Volk gefällt, gegen Wein, Luxus und Prunk, gegen Feste, kurz und gut, gegen all das, womit das Volk klein gehalten werden kann. Er gewinnt mit jedem Vortrag irgendwo ein paar Anhänger. Aiakes weiß das nicht. Wenn er davon hört, ist er bestimmt mit uns einer Meinung, dass der Mann verschwinden muss. Nur ... dann ist es zu spät. Dann gibt es schon überall Unruhe und Widerstand. Wir müssen das Problem jetzt lösen, bevor Aiakes zurückkommt. Er wird uns dankbar sein.«

In den Dornensträuchern unter den Pinien hatte sich Leon schon am frühen Abend ein Versteck gesucht. Als es dunkel wurde, hatte er die Männer einen nach dem anderen kommen und in der Hütte verschwinden sehen. Er hatte versucht, die Versammlung zu belauschen. Das erwies sich aber als schwieriger, als er gedacht hatte. Zwar drangen immer wieder laute Ausrufe bis zu ihm durch, aber der Zusammenhang entging ihm. Um näher an die Hütte heranzukommen, zwängte er sich tiefer ins Dornengebüsch hinein. Spitze Dornen verhakten sich in seinen Kleidern und verschrammten ihm Gesicht und Hände. Er achtete nicht darauf. Als er schon fürchtete, nichts erfahren zu können, fiel ihm auf, dass die Stimmen lauter, die Gemüter hitziger wurden. Hatten anfangs noch alle daran gedacht, dass es ja eine geheime Versammlung war, und darum leise gesprochen, vergaß man nun alle Vorsicht. Schließlich war es hier am Strand außerhalb der Stadtmauern ja völlig einsam. Kein Mensch in der Nähe. Da riss jemand die Tür auf, um etwas frische Luft in die stickige Hütte zu lassen. Jetzt konnte Leon jedes Wort verstehen.

»Wir sollten nicht endlos palavern«, hörte er Lykourgos sagen.

»Wir sind uns doch einig, dass Pythagoras verschwinden muss. Bleibt noch zu regeln, wie, wann und wo. Hört zu!«

»Sobald Pythagoras seine Grotte verlässt, ist er verloren. Sie haben den Anschlag genau geplant. Nur im Kerkis ist er noch sicher, weil sie nicht wissen, wie sie ihn da finden sollen. Ich muss zum Kerkis, sofort!«

Leon wusste, dass er die Grotte nie und nimmer alleine finden würde. Er hoffte auf die Hilfe seines Schwiegersohnes, der am Fuße des Kerkis aufgewachsen war und das Gebirge recht gut kannte. Es konnte gefährlich werden, vor allem jetzt, da der Herbstregen eingesetzt hatte. Konnte er das von Simias verlangen? Unsicher rieb er sich die Schrammen, die der Dornenstrauch in seinem Gesicht hinterlassen hatte. Er schaute Phileia an, dann Parthenia und suchte die passenden Worte.

»Das schaffst du doch nicht ohne mich!«, sagte Simias grinsend. »Natürlich gehe ich mit. Aber ob Pythagoras sich von Samos vertreiben lässt, ist eine andere Frage. Bis jetzt hat er allen Drohungen getrotzt.«

»Ich muss ihn davon überzeugen, dass er in Kroton erreichen kann, was auf Samos nicht möglich ist. Ich muss ihm sagen, dass alle Gelehrten aus den ionischen Kolonien dorthin gehen. Da wird in Zukunft das Zentrum der Wissenschaft sein, da gehört er hin. Hier wird er ermordet, sobald er in sein Haus auf dem Ampelos zurückkehrt. Hat er dafür sein Leben lang Wissen und Weisheit erworben?«

Phileia zweifelte noch. »Pythagoras wird seine alte Mutter nicht allein hier zurücklassen.«

»Wenn er erst einmal bereit ist, von hier wegzugehen, wird sich auch dafür eine Lösung finden.«

»Wir sollten schlafen gehen«, meinte Simias praktisch, »denn wir müssen uns vor Sonnenaufgang auf den Weg machen.«

Der Regen hatte die Bäche zu reißenden Flüssen anschwellen lassen. Aber solange Leon und Simias am Fuße des Ampelos in westliche

Richtung gingen, hatten sie keine Probleme mit dem Hochwasser. Es war angenehm kühl und so kamen sie auf ihrem Weg zum Kerkis schnell voran. Der Sturzregen hatte von den Platanen und Kastanien in den Wäldern den Sommerstaub abgewaschen. Sie hatten keine Schwierigkeiten überwinden müssen und erreichten am Abend die Ausläufer des Kerkis, wo sie einen Unterschlupf für die Nacht suchten. Für Simias war hier alles vertraut. Sehr bald fand er eine schöne Stelle, wo große Kastanienbäume einen überhängenden Felsblock umgaben und sie guten Schutz fanden.

»Morgen wird es schwieriger«, sagte er voraus. »Aber solange es trocken bleibt, können wir nicht klagen. An der Südflanke des Kerkis kenne ich ein paar Grotten. Wir werden alle untersuchen müssen, denn ich habe keine Ahnung, in welcher Pythagoras sitzt. Wir müssen es nur schaffen, über den Kakoperato zu kommen. Der ist natürlich stark angeschwollen.«

Leon antwortete nicht. Sie aßen ein wenig vom mitgenommenen Proviant, danach legten sie sich, todmüde vom langen Tagesmarsch, unter dem überhängenden Felsen schlafen. In der Stille der Nacht war das Rauschen des Kakoperato deutlich zu hören. Aber es war ein einschläferndes Geräusch, das die müden Männer nicht störte.

Kurz vor Tagesanbruch riss ein anderes Geräusch die beiden aus dem Schlaf. Sie rieben sich die Augen und dann dauerte es noch einen Moment, bis sie erkannten, dass sie nicht das Rauschen des Flusses, sondern das Prasseln eines starken Regens geweckt hatte. Durch die Regenwand sahen sie den Tag anbrechen.

»Zwangspause!« Simias wusste ganz genau, wie gefährlich dieser erneute Regen werden konnte, aber er wollte seinen Schwiegervater nicht im voraus beunruhigen. Sie aßen etwas, tranken Regenwasser und legten sich noch einmal hin. Unaufhörlich rauschte der Regen. Zwar blieben sie trocken, doch der nicht enden wollende starke Regen machte ihnen einen Strich durch ihre Rechnung. Umzukehren war genauso gefährlich wie weiterzugehen. Außerdem dachten sie gar nicht daran, sich durch den Regen von ihrem Vorhaben abbringen zu lassen.

»Wir sollten die Zeit nutzen und überlegen, was wir tun, wenn wir Pythagoras finden«, sagte Simias nüchtern. »Es ist deine Sache, ihn davon zu überzeugen, dass er fliehen muss. Wenn er einverstanden ist, werde ich dafür zu sorgen haben, dass er sicher fortkommt.«

»Wieso?«

»Du kannst doch nicht mit ihm zurück nach Kalamoi. Er muss von seiner Grotte aus versuchen, zur Südküste zu kommen. Das kann er nur, wenn ich als Führer mitgehe. Du musst dann alleine den Rückweg finden und dein Boot holen. Achte also von nun an gut auf die Anhaltspunkte in der Landschaft.«

Leon wurde klar, dass das keine einfache Aufgabe war.

»Wie finden wir uns wieder?«

»Ach, das dürfte kein Problem sein. Die Mündung des Kakoperato ist eine sehr geeignete Stelle. Ich steige mit ihm hinunter zur Küste und du kommst mit dem Boot dorthin.«

Da der Regen nicht aufhörte, hatten sie einen ganzen Tag lang Zeit, die Flucht und ihre Route genau zu planen. Und dann waren sie gezwungen, auch noch eine zweite Nacht in ihrem Quartier zu verbringen. Deshalb machten sie sich langsam Sorgen über ihren Lebensmittelvorrat.

Nach der zweiten Regennacht klarte es auf. Die Sonne brach durch. Sie konnten ihren Unterschlupf verlassen. Die Überquerung des brausenden Flusses war lebensgefährlich, aber sie schafften es ohne Zwischenfall. Die Suche im Kerkis war ein ziemliches Abenteuer, an das sie ihr Leben lang denken sollten. Die Felsen waren glitschig, die Schotterhänge ausgespült. Unzählige Male glitten sie im Schlamm aus, rissen sich Hände und Arme auf, holten sich Schürfwunden. Simias war der Erfahrenere der beiden. Er kletterte voran und gab, so gut es ging, Anweisungen an Leon. Groß war ihre Enttäuschung, als eine nach der anderen Grotte, die Simias fand, leer war.

»Wie viele davon gibt es denn?«, fragte Leon keuchend.

»Dutzende. Aber längst nicht alle sind bewohnbar. Er muss sich eine der größeren Grotten ausgesucht haben.«

Sie fanden zwei größere, bewohnbare Grotten, aber auch die waren leer. Aufgeschreckte Tiere, die vor dem Regen Schutz gesucht hatten, stoben davon. Von einem menschlichen Bewohner keine Spur.

Die beiden sprachen unterwegs kaum ein Wort. Die Kraft und die Luft brauchten sie für den schwierigen Aufstieg. Während einer kurzen Rast fragte Leon, ob es auf der anderen Seite des Kerkis auch Grotten gebe.

»Ja, sogar recht viele. Aber ich kann mir nicht vorstellen, dass sich Pythagoras dort eine ausgesucht hat. Die sind so gut wie unerreichbar.«

Und wieder rappelten sie sich auf, um den Berg weiter hinaufzusteigen. Wegrollende Steine verschwanden polternd in tiefen Schluchten und mahnten sie immer wieder daran, keinen Moment die Gefahr zu vergessen, vorsichtig zu bleiben, keinen unbedachten Schritt zu tun.

Als sie gegen Abend verschwitzt und völlig erschöpft beschlossen, ein Unterkommen für die Nacht zu suchen, wurden sie von einem merkwürdigen Geräusch aufgeschreckt. Leon hielt sich an einem Strauch fest. Ihm war schwindelig und er hatte das Gefühl, sich übergeben zu müssen. Woher kam das seltsame Geräusch? Auch Simias hatte es gehört. Sie standen auf dem rutschigen Berghang, neben sich eine Furcht einflößende Schlucht, und hörten deutlich eine klare Musik, die überhaupt nicht in diese Umgebung passte und aus einer anderen Welt zu kommen schien. Waren sie zu schnell geklettert, hatten sie schon Halluzinationen? Wieder die Klänge. Klare, reine Musik eines Saiteninstruments. Nein, es war keine Sinnestäuschung, es war Realität!

Vorsichtig, Schritt für Schritt arbeiteten sie sich weiter hinauf zu einem Felsvorsprung, von dem die Musik zu kommen schien. Als sie auf ein paar Manneslängen herangekommen waren und fast unter dem Felsvorsprung standen, hörte die Musik plötzlich auf und eine deutlich vernehmbare Stimme sagte: »Die Musik gehört zu den Naturwissenschaften. Die Intervalle auf einem Saiteninstrument können durch mathematische Berechnungen bestimmt werden. Es ist wichtig, sich musikalisch zu betätigen, doch selbstverständlich nicht mit einem Blasinstrument, denn das ist weltliche Musik. Lerne vor allem die Lyra spielen. Saitenmusik ist religiöse Musik.«

Wie angewurzelt standen Leon und Simias unter dem Felsen. Sie hatten die Stimme erkannt. Es war Pythagoras. Aber bevor sie sich bemerkbar machten, warteten sie, bis er ausgeredet hatte.

»Den Götttern sei Dank!«, rief Leon. »Wir haben ihn gefunden!«

Über ihnen erschien das Gesicht des Gelehrten und das des Schülers, der sich erschrocken vorbeugte, um zu sehen, wer sie in ihrem Versteck entdeckt hatte. Sie hatten den Gesuchten gefunden, nun ging es darum, ihn zu überzeugen!

Auf dem Felsvorsprung vor dem Eingang der Grotte saßen die vier im Kreis um eine Öllampe. Der grüne Berghang duftete angenehm frisch, die Vögel hatten sich nach dem Regen in den Bäumen und Büschen zur Ruhe begeben. Über dem Meer stand ein heller Mond und, nachdem die Wolkendecke aufgerissen war, funkelten am Himmel unzählige Sterne. Die friedvolle Kulisse stand im krassen Gegensatz zum Thema ihres Gespräches.

»Drei verschiedene Mordpläne haben sie ausgeheckt«, sagte Leon, nachdem er Pythagoras gesagt hatte, warum sie gekommen waren. »Sobald du den Kerkis verlässt, gibt es kein Entrinnen mehr. Wenn der eine Plan nicht gelingt, dann eben der nächste. Niemand kann dich gegen diese Anschläge schützen. Herr, es hat doch keinen Zweck, das Leben wegzuwerfen. Sie werden dich abschlachten wie einen Hund!«

Ohne sich dessen bewusst zu sein, ereiferte sich Leon in seinem Versuch, den Gelehrten zu überzeugen.

»Ich habe mir ein Ziel gesetzt.«

»Samos ist deinen Versuch nicht wert. Deine Schule ist ein Fehlschlag.«

Der Gelehrte schaute auf seinen einzigen Schüler und wiederholte, was er einst zu seinem alten Vater gesagt hatte: »Wenn ich nur einen einzigen Schüler heranbilden kann, werde ich meine Sache nicht als misslungen betrachten.«

In den vielen Tagen, die er nun mit seinem einzigen Schüler in der Grotte gelebt und gearbeitet hatte, hatte er bei ihm gute Lernerfolge erzielen können. Der Junge hatte sogar auf die Belohnung verzichtet, die er sonst für seine Leistungen bekommen hatte. In der Einsamkeit des Kerkis hatten die beiden, der Gelehrte und sein Schüler, einander verstehen gelernt.

Noch bevor Leon antworten konnte, sagte der Schüler: »Ich möchte nicht, dass du meinetwegen dein Leben aufs Spiel setzt. Mich bindet nichts an Samos. Wenn du gehst, gehe ich mit.«

»Ich habe noch eine alte Mutter. Die kann ich nicht schutzlos zurücklassen.«

Leon spürte, dass er an Boden gewann. »Auch daran haben wir gedacht. Wenn du einverstanden bist und fortgehst, werde ich deine Mutter davon überzeugen mitzugehen. Sie wird dir sicher folgen.«

Alle schwiegen. Jeder hing seinen eigenen Gedanken nach. Würde der Gelehrte Samos verlassen? Würde er seine Flucht als Gesichtsverlust empfinden und darum seinen Feinden trotzen? Leon unternahm einen letzten Versuch.

»Alle Gelehrten aus den ionischen Kolonien gehen nach Kroton und Sybaris. Ich selbst habe bei meiner letzten Fahrt von Milet nach Samos einen Gelehrten und seine Familie mitgenommen. Von Samos aus hat er ein Schiff nach Kafti genommen, um dort zu versuchen, eines nach Italia zu bekommen. Kroton wird das neue Zentrum der Wissenschaft. Dort kannst du eine Schule aufbauen. Soll denn all dein Wissen mit dir zugrunde gehen?«

Das letzte Argument gab den Ausschlag. Pythagoras stand auf. Er schaute den Hang hinunter und sagte: »Ich liebe Samos. Es ist das Land meiner Jugend. Nur auf Samos fühle ich mich wirklich zu Hause. Ich habe etwas für Samos bedeuten wollen. Aber du hast recht. Ich kann nicht von Nutzen sein, wenn ich mich umbringen lasse. Und in Kroton kann ich vielleicht noch etwas erreichen.«

Leon und Simias atmeten erleichtert auf. Sie hatten ihr Leben riskiert und hatten befürchten müssen, dass es vergebens sei. Sie saßen noch lange zusammen, um den Fluchtplan in allen Einzelheiten zu besprechen. Als sie sich für die Nacht in die Grotte zurückzogen, war der Plan ausgereift. Beim ersten Morgengrauen würde sich Leon auf den schwierigen Rückweg nach Kalamoi machen. Simias würde noch drei Tage in der Grotte bleiben und dann die beiden zur Mündung des Kakoperato bringen. Die Insel, die voller Düfte war und so friedlich zu sein schien, würde ihren größten Sohn verlieren. Doch das war in den Häusern und Hütten von Samos keinem bewusst.

Phileia hatte es übernommen, die alte Mutter des Gelehrten zu überzeugen. Es fiel niemandem auf, dass sie den Berghang hinaufging und die Witwe des Baumeisters Mnesarchos besuchte.

Im kühlen Haus am Fuße des Ampelos traf sie die nun schon mehr als achtzigjähre Pythaida. Die alte Frau hörte sie an, ohne sie zu unterbrechen. Sie zeigte weder Angst noch Unruhe. Sie nahm zur Kenntnis, was ihr Sohn ausrichten ließ und akzeptierte widerspruchslos seine Entscheidung.

»Ich werde tun, was mein Sohn und du von mir verlangen. Ich gehe morgen nachmittag zum Heraion, um dort zu opfern. Ich warte, bis die Priester das Heiligtum verlassen haben und komme dann zu deinem Haus in Kalamoi. Ich werde achtgeben, dass ich nicht auffalle.«

Und dann riet ihr Phileia, die beiden Sklaven des Pythagoras eine Kiste mit dem wichtigsten Hab und Gut packen zu lassen, um es mitnehmen zu können.

»Mein Sohn hat keine Sklaven«, entgegnete die alte Frau. »Sie haben gleich nach seiner Heimkehr ihre Freiheit bekommen. Sie wollten bei uns bleiben, aber ich kann natürlich nicht über ihre Zukunft entscheiden.«

Pythaida rief ihre Diener. Aristeios und Zamolxis hörten sich unbewegt an, was Pythaida ihnen zu sagen hatte.

»Ihr seid frei, ihr müsst selbst über eure Zukunft entscheiden. Aber ich verlasse mich darauf, dass ihr niemandem verratet, dass mein Sohn auf immer fortgeht und wohin er geht.«

Die beiden Diener zuckten kaum mit den Augenlidern. Zamolxis sprach aus, wozu sie sich entschlossen hatten: »Wir brauchen nicht lange nachzudenken. Wir folgen unserem Herrn, wohin er auch geht.«

»Das ist klar und deutlich«, sagte die alte Frau. Sie kannte die beiden, sie hatte nichts anderes erwartet.

»Zu dritt machen wir uns morgen wie verabredet auf den Weg.«

Auf dem Heimweg wunderte sich Phileia darüber, wie schnell sich Pythaida entschlossen hatte. Sie konnte sich sehr gut vorstellen, wie schwer es ihr fallen musste, das Haus und allen Besitz aufzugeben. Pythaida musste sogar ihren Geburtsort verlassen, die Insel, die sie so sehr liebte. Das musste ihr die Entscheidung noch schwerer machen als seinerzeit Phileia. Dennoch hatte die alte Frau mit keinem Wort geklagt. Sie fügte sich in das Unvermeidliche.

Phileia ging auf den Markt in Samos-Stadt, um Einkäufe zu erledigen. Bei einigen Frauen, die sie traf, beklagte sie sich ausgiebig darüber, dass Leon und Simias nach Halikarnassos und Alaschja gefahren seien, um dort neue Handelsbeziehungen aufzubauen.

»Als sie nur zum Fischfang ausfuhren, waren sie nie lange von zu Hause fort. Jetzt sind meine Tochter und ich für wer weiß wie lange alleine.« Das war ein geschicktes Ablenkungsmanöver. Phileia rechnete damit, dass sich diese Nachricht verbreiten würde. So schlug sie zwei Fliegen mit einer Klappe. Die lange Abwesenheit der beiden Männer war damit erklärt und außerdem lenkte sie die Aufmerksamkeit in die falsche Richtung.

»Warum tun sie das denn? Ihr Geschäft geht doch gut.«

»Du weißt doch, wie Männer sind. Sie wollen immer noch mehr erreichen, größer werden, wichtiger sein.«

Auch Parthenia leistete ihren Beitrag beim Verbreiten des Gerüchts. »Das Boot gehört zwar zur Hälfte auch Simias«, erzählte sie einer Bekannten, die sie im Heraion traf, »aber irgendwann möchte er auch sein eigenes Boot haben. Darum ist er nun nach Alaschja gefahren, um zu sehen, ob er dort einen festen Abnehmer für Samos-Erde finden kann.«

Die Aktion der beiden Frauen sorgte schon jetzt für Antworten auf noch nicht gestellte Fragen.

Leon gelang es durch äußerst vorsichtiges Manövrieren, sein Boot auf sichere Entfernung von Samos zu bringen. Über Fourni und Nikaria erreichten sie die Insel Delos, wo sie in einer stillen Bucht für die Nacht anlegten. Sie erinnerten sich an ihren ersten Besuch auf dieser Insel, als Pythagoras noch einmal seinen alten Lehrer Pherekydes sehen wollte. Aber nun war die Situation ernster. Wieder saßen sie am Strand, wo Pythagoras seinerzeit die Karte des Anaximander in den Sand gezeichnet hatte. Und wieder hörten sie dem Gelehrten zu, der von seinen vielen Reisen erzählte. Der Schüler Pythagoras kochte eine kräftige Suppe aus mitgebrachtem Gemüse und Suppenkraut. Alles schien so friedlich zu sein, dass Leon und Simias das unwirkliche Gefühl hatten, nichts sei zu befürchten und sie würden bloß zu ihrem Vergnügen eine Fahrt durch die Ägäis machen. Pythagoras strahlte Ruhe aus und nahm ihnen so die Furcht vor Verfolgung oder einem Überfall durch Seeräuber. Auch die Anwesenheit seiner alten Mutter trug noch zu dieser Stimmung bei. Klaglos erduldete sie alle Unannehmlichkeiten der für sie doch sehr anstrengenden Reise. Nie verlangte sie besondere Rücksichtnahme.

»Wenn wir Delos hinter uns haben, ist die Wahrscheinlichkeit, verfolgt zu werden, nur noch gering«, sagte Leon. »Aber ich werde auch dann noch den Kurs ändern, wenn ich in der Ferne Schiffe sehe. Man kann nie wissen.«

Von Delos aus fuhren sie in südliche Richtung zwischen Paros und Naxos nach Thera, um dort zu übernachten. Thera war unbewohnt, rauh und abweisend. Wer aus dem Norden kam, den hinderten furchtbar steile Felshänge an der Landung. Vorsichtig steuerte Leon um Thera herum und fand am schwarzen Lavastrand der Südküste einen guten Anlegeplatz.

An diesem Abend erzählte Pythagoras vom gewaltigen Vulkanausbruch, der vor vielen, vielen Jahren die Insel auseinandergerissen und den größten Teil im Meer versenkt hatte. Die Insel hieß einst Strongili, die »Runde«. Nach dem Vulkanausbruch war sie nicht mehr rund, sondern sichelförmig. Sie wurde seitdem Thera genannt. Und westlich von Thera ragte nun die kleine Insel Therassia aus dem Meer.

»Schwer vorzustellen, dass diese Insel einmal bewohnt war. Dass es hier eine Stadt gab, Reichtum und eine hohe Kultur. Der Vulkan hat die Stadt unter einem Berg glühender Lava begraben. Nirgendwo sonst sieht man deutlicher, wie nichtig menschliche Zivilisation ist, wie relativ das Streben eines Volkes oder gar eines Einzelnen ist.«

Lange unterhielten sie sich an diesem Abend nicht mehr. Alle waren müde, rollten sich in ihre Decken und schliefen bald ein. Nur Pythagoras und Leon saßen noch am schwelenden Feuer. Plötzlich fragte der Gelehrte: »Warum tust du das alles für mich, Leon? Warum riskiert ihr, du und Simias, euer Leben für mich?« Leon wusste keine Antwort darauf. Was er dann sagte, war ziemlich wenig.

»Ich weiß, dass ich es tun muss. Ich weiß nicht warum!«

Der Gelehrte lächelte. Ihm sagte diese Antwort mehr als eine lange Erklärung.

»Ich habe ein Leben von fast sechzig Jahren gebraucht, um Wissen zu erwerben. Dieses Wissen wollte ich auf Samos verbreiten. Das ist nicht gelungen. Weil du dein Leben aufs Spiel setzt, ist es vielleicht möglich, in Kroton etwas zu erreichen. Vielleicht, denn das ist noch nicht sicher. Wenn es gelingt, wenn ich dort unterrichten kann, ist das nur möglich, weil mir ein einfacher Fischer aus Samos das ermöglicht hat. Dann ist dabei nicht der Verstand und das Wissen eines Gelehrten der entscheidende Faktor gewesen, sondern der Mensch, der sein Gefühl sprechen lässt und einen neuen Weg öffnet.«

Leon starrte auf das Spiegelbild des Mondes im flachen Wasser, auf die schwarzen Umrisse der Lavafelsen vor dem tiefblauen Himmel voller Sterne. Die Anerkennung tat ihm gut, aber er wusste nichts darauf zu antworten. Leon war kein Mann großer Worte.

Als sie Kafti vor sich hatten, legten sie nicht in Knossos an, sondern fuhren auf Wunsch des Pythagoras an der Nordküste entlang in westliche Richtung. Schon von weitem zeichnete sich der Berg Ida vom hellblauen Himmel ab. Da, auf der Höhe des Ida, wollte Pythagoras landen. Von seinem letzten Besuch kannte er dort den Priester der Geburtsgrotte des Zeus und hoffte nun, der könne ihm zu einem Schiff nach Italia verhelfen.

Als Leon das hörte, protestierte er: »Warum willst du hier ein anderes Schiff suchen, Herr. Wir haben noch nicht einmal die Hälfte hinter uns. Wir bringen dich nach Kroton.«

»Nein, ihr fahrt morgen zurück nach Samos. Es kann nicht angehen, dass du in völlig unbekannten Gewässern dein Leben riskierst. Der Priester des Ida kennt hier genug Leute, die mir weiterhelfen können. Ich will, dass du morgen zu deiner Familie zurückkehrst. Ihr habt genug für mich getan.«

Die Proteste waren zwecklos. Leon und Simias fügten sich schließlich der Entscheidung des Pythagoras. Den letzten gemeinsamen Abend mit dem Gelehrten verbrachten sie in wehmütiger Stimmung. In Gesellschaft der Inselbewohner, die das Boot schon von weitem hatten kommen sehen, und des Priesters saßen sie bis tief in die Nacht zusammen. Alle spürten, dass es sehr unwahrscheinlich war, dass Leon und Simias den Gelehrten jemals wiedersehen würden, dass es ein Abschied auf immer war. Im Beisein der Inselbewohner verabschiedete sich Pythagoras von den beiden Getreuen aus Samos.

»Auf Samos war meine Familie reich«, sagte er. »Ich habe meinen ganzen irdischen Besitz zurücklassen müssen, doch wichtiger als das Gold sind die Bücher und Schriften, die Zamolxis für mich eingepackt und mit an Bord gebracht hat. Ich kann euch also nicht belohnen, wie ich es gerne tun würde.«

Die Männer sahen, wie der Gelehrte sich ein Lederband, das er um den Hals trug, über den Kopf zog. Daran hing ein in Gold eingefasster dunkelroter Stein, den Pythagoras stets unter seinem weißen Gewand getragen hatte.

»Einst hat mein Vater den großen Apollontempel in der Stadt Samos gebaut. Mein Vater verehrte den Sonnengott, der an der Spitze der Musen steht und auch der Gott der Musik ist. Als ich als junger

Mann ins Land des Pharaos ging, hat mein Vater, der auch ein guter Steinschneider war, diese Apollon-Figur in diesen roten Achat geschnitten. Theodoros, der Kunstschmied, hat die Goldfassung gemacht. Mein Vater gab mir dieses Amulett zur Erinnerung an meine Heimatinsel mit. Ich habe es mein Leben lang getragen. Seit ich durch Hermodamas und später durch den Magier Zoroaster die Musik kennen gelernt habe, die mir heute die liebste Wissenschaft ist, ist der Gott der Musik auch mein Gott geworden. Wenn ich dir nun dieses Apollon-Amulett gebe, dann sei gewiss, dass es mir der liebste Gegenstand ist, den ich noch besitze. Ich gebe ihn dir gerne, Leon, denn du wurdest mein Freund. Und ein Freund, ein wahrer Freund, der bereit ist, sein Leben für einen aufs Spiel zu setzen, ist schließlich das andere Ich.«

Leon war zu gerührt, um antworten zu können. Das war auch nicht nötig. Pythaida, die meinte, auch Simias müsse ein Andenken vom Gelehrten haben, gab ihm eine Goldmünze. Auch sie hatte kaum etwas von zu Hause mitnehmen können.

»Ich gehe nun«, sagte der Gelehrte. »Wo ich mich auch niederlassen werde, in Kroton, in Sybaris oder in Taras, immer werde ich daran denken, dass die Götter euch meinen Weg haben kreuzen lassen. Und ich hoffe, dass das, was ihr für mich getan habt, mit der Arbeit belohnt wird, die ich in der Zukunft für die Wissenschaft zu leisten hoffe.«

Er stand auf. Auch Pythaida und ihre Reisegefährten aus Samos standen auf. Zusammen mit dem Priester des Ida verschwanden sie, ohne sich noch einmal umzuschauen, in der Nacht und ließen Leon und Simias bei ihrem Boot zurück.

Das Amulett in der Hand stand Leon auf dem Strand. Lange betrachtete er den jugendlichen Gott mit dem edlen Gesicht und dem langen welligen Haar. Dann legte er sich das Band um den Hals und ließ das Amulett unter der Jacke verschwinden.

»Er hat mich seinen Freund genannt!«, war alles, was er hervorbrachte. Ein Kloß in der Kehle hinderte ihn daran, mehr zu sagen.

DER KOMET VON SAMOS

Das plötzliche Verschwinden des Pythagoras und der Seinen sorgte für einige Aufregung. Lykourgos und seine Leute entdeckten schon bald, dass das Haus am Ampeloshang verlassen war und nutzten diesen Umstand sofort zu ihren Gunsten, indem sie den ganzen zurückgelassenen Besitz der Familie Mnesarchos raubten und die Ländereien beschlagnahmten. Es kursierten die wildesten Gerüchte und Leon und Simias, die nach Kalamoi heimgekehrt waren, trugen ordentlich dazu bei, Verwirrung zu stiften.

»Vielleicht ist Pythagoras ja unterwegs nach Babylon oder Phoenicia. Er hat schließlich auch eine Reise zu den Heiligtümern in Hellas unternommen.«

»Mann, in Babylon war er doch als Gefangener! Ich kann mir nicht denken, dass er freiwillig dorthin zurückgeht.«

»Du musst bedenken, dass er auch dort zum Priester geweiht worden ist, genau wie in Phoenicia. Vielleicht ist er dorthin, um Studiengefährten zu treffen.«

»Dann nimmt er bestimmt seine alte Mutter mit! Mann, Pythaida ist weit über achtzig!«

Die Gerüchte gingen von Mund zu Mund und machten sich selbständig. Was der eine annahm, wurde vom anderen als feststehende Tatsache weitererzählt. Leon stellte befriedigt fest, dass schließlich allgemein behauptet wurde, Pythagoras sei nach Phoenicia gegangen. Niemand kam auf den Gedanken, Leon oder Simias mit dem spurlosen Verschwinden in Verbindung zu bringen.

Wie zu erwarten ebbte die Welle der Gerüchte aus Mangel an

neuen Nachrichten nach einiger Zeit ab. Auch geschahen so viele andere einschneidende Dinge. Aiakes kehrte vom persischen Hof zurück. Männer seines Gefolges erzählten in den Schenken von ihrem abenteuerlichen Kampf an der Seite des Königs Dareios gegen das legendäre Nomadenvolk der Skythen auf der anderen Seite des Propontis. Ihre aufgeblasenen Geschichten verdrängten die lokalen Neuigkeiten. Nach einigen Monden sprach niemand mehr vom verschwundenen Gelehrten. Nur in Leons Haus wurde sein Name noch häufig erwähnt.

Die Jahre vergingen. Leon und Simias hatten mit harter Arbeit ihr Frachtgeschäft ausgebaut. Simias, inzwischen Vater von vier Söhnen, bekam sein eigenes Schiff. Er unterhielt eine regelmäßige Geschäftsverbindung mit Alaschja, von wo er Bronze und Terrakottaprodukte im Tausch für die vielbegehrte Samos-Erde mitbrachte. Leon fuhr immer noch zu den alten ionischen Häfen auf der anderen Seite der Straße von Mykale. Dort brach ein Aufstand gegen die Perser aus. Und sehr oft transportierte Leon mit seinem Boot Ionier auf ihrem Weg in die Freiheit nach Westen. Aber er verstand es, sich aus den politischen Konflikten auf Samos herauszuhalten. »Ich transportiere Handelsware. Ich bin Seemann, kein Politiker.«

Der Aufstand der Ionier schlug schon bald fehl. Samos stellte sich wieder auf die Seite der Perser.

Leon sah, hörte und schwieg. Nur zu Hause, Phileia gegenüber, äußerte er seine Meinung. Dann fragte er sich, was Pythagoras von all dem gehalten hätte und was wohl seine Haltung in den Konflikten gewesen wäre. Auch Phileia verfolgte den Lauf der Dinge mit großer Aufmerksamkeit. In der Vertraulichkeit ihres eigenen Hauses übte sie dann Kritik am Tyrannen, den die Perser am Gängelband führten.

»Mein Vater hat die Perser stets auf Distanz halten können. Seit er ermordet wurde, denken die Tyrannen von Samos nicht mehr an die Interessen ihres eigenen Volkes. Samos war so reich, so mächtig! Was ist jetzt noch davon übrig?«

»Der Wohlstand schwindet. Aber was schlimmer ist, die Gelehrten verschwinden. Alles, was Samos und die ionischen Städte im Osten groß gemacht hat, ist nach Westen gegangen, nach Kroton.«

Immer wieder kamen sie bei solchen Gesprächen auf Pythagoras. Und immer wieder fragten sie sich: »Wie wird es dem Gelehrten wohl ergangen sein? Lebt er noch?«

»Wenn er noch lebt, muss er nun fast hundert sein. Ich kann nicht glauben, dass er so alt geworden ist.«

»Und ich kann mir nicht vorstellen, dass er nicht mehr lebt.«

Kurze Gespräche am späten Abend, in der Geborgenheit des eigenen Hauses. Erinnerungen zweier alter Leute an die bewegten Jahre ihrer Jugend. An Polykrates, Phileias Vater, den gefürchteten Gegner, den rücksichtslosen Feind, aber auch den Mann, der Samos groß gemacht hatte und gut zu seinem Volk war. An Pythagoras, den Gelehrten, der sechzig Jahre lang zum Nutzen der Menschheit Wissen erworben hatte, der aber für seine Insel zu groß geworden war.

Niedergeschlagen seufzte Leon: »Ist all ihr Streben denn umsonst gewesen? Bleibt nach ihrem Tod nichts mehr übrig?«

Entrüstet antwortete Phileia: »Aber nein. Das mag jetzt zwar so aussehen, aber das glaube ich nicht. Ihr Name wird in den Schriften der ionischen Gelehrten weiterleben, bis ans Ende der Tage. Davon bin ich überzeugt!«

Die Nacht war dunkel und schwül. Eine Wolkenbank verdeckte den Mond. Ein schwacher Wind wehte vom Meer her und brachte ein wenig Abkühlung nach der Hitze des Sommertages. Aus einigen Häusern von Samos-Stadt schimmerte Licht von Öllampen oder Fackeln. Es waren kaum Leute auf der Straße. Ein alter Mann ging langsam und in Gedanken versunken über den Hafendamm. Am Tag war eine Samaina von einer weiten Handelsreise zurückgekommen. Da trieb ihn die Neugier in die Hafenschenke von Alexandros, der immer noch nach dem alten Brauch aus seinen jungen Jahren jeder heimkehrenden Besatzung die erste Runde spendierte.

Nachrichten aus der fernen Welt wurden dort zuerst bekannt und verbreitet. Der alte Mann hörte schon von weitem die aufgeregten

Stimmen Dutzender von Seeleuten, die einander mit ihren übertriebenen Geschichten übertrumpften. Was war davon wahr und was nicht? Das musste jeder für sich entscheiden.

Es war proppenvoll in der Schenke. Unauffällig schob sich der alte Mann in eine dunkle Ecke, wo ein freundlicher Seemann für ihn ein wenig zur Seite rückte. Alexandros saß am Tisch eines Seemanns der Samaina. Ihre Schatten an der Wand sahen aus wie große Dämonenköpfe. Der junge Seemann übertönte alle Stimmen, er erzählte von seiner langen Reise unterhalb des Peloponnesus entlang nach Westen, nach Groß Hellas.

Der alte Mann gab sich alle Mühe, den Seemann zu verstehen, wurde aber ständig vom Lärm der anderen gestört. Dann sah er, wie der Wirt aufstand und mit einer Armbewegung für Ruhe sorgte.

»Seid still, Männer! Lasst Oros erzählen. Bei dem Lärm versteht ja keiner was.«

In der nun entstandenen Stille war das Quietschen des im Wind hin- und herpendelnden Aushängeschildes deutlich zu hören.

»... wir mussten so weit, denn die Fahrt nach Kafti brachte nicht genug ein. In Italia hieß es, man könne in Groß Hellas, in den reichen ionischen Kolonien sehr gute Geschäfte machen, zum Beispiel in Sybaris, in Kroton oder Taras.«

Der alte Mann in der dunklen Ecke schreckte auf. Um besser hören zu können, legte er sich die rechte Hand ans Ohr.

»Und? Lief's gut?«

»Und ob. Wir haben unseren Schnitt gemacht. Vor allem in Taras. Mann, das ist eine reiche Stadt. Und nicht nur reich, da wimmelt es auch von Gelehrten. Alle vor den Persern geflohen. Da war sogar einer, der von hier kam. Sie nannten ihn den Komet von Samos«.

»Von Samos? Kennen wir den?«, rief ein junger Marktkaufmann neugierig.

»Du bestimmt nicht. Dafür bist du zu jung. Er könnte gut und gern dein Urgroßvater sein. Ein alter Mann, unglaublich!«

»Auf Samos werden die Menschen alt!«, rief Alexandros übermütig. »Das ist nichts Besonderes. Seht mich an! Wie hieß denn der Komet von Samos? Ich muss ihn gekannt haben.«

»Er hieß Pythagoras. Er scheint erst in Kroton und später in Taras und Metapontum eine Schule geleitet zu haben, in der Gelehrte herangebildet wurden.«

Der alte Mann in der Ecke zitterte und warf dabei einen vollen Becher Wein um. Niemand nahm Notiz davon.

»Man hat mir erzählt«, nahm Oros den Faden wieder auf, »er sei sechzig gewesen, als er in Kroton ankam, und soll dort noch eine Frau namens Theano, die Tochter eines Heilkundigen, geheiratet haben. Sechs Kinder hat er noch bekommen. Ich will tot umfallen, wenn ich lüge.«

Jemand lachte schallend. »Männer, das ist die Lebenskraft eines Mannes von Samos! Nach dem Sechzigsten in der Fremde noch ein neues Leben anfangen, eine große Familie gründen. Wir sind ein starkes Volk!«

Der Ausspruch fand Beifall. Es musste nachgeschenkt werden, denn alle Becher waren leer. Es dauerte eine Weile, bis der Wirt wieder um Ruhe bat.

»Und was war das für eine Schule? Was wurde da studiert?«

»Was weiß ich«, antwortete der Seemann.

Ein junger Bursche neben ihm rief: »Aber ich weiß es. Diese Schule war so etwas wie ein Geheimbund. Man musste einiges im Kopf haben, um zugelassen zu werden, und wenn man es einmal geschafft hatte, musste man sich allen möglichen strengen Regeln unterwerfen. Was man da studieren konnte? Eigentlich alles, Mathematik, Naturkunde, Sternenkunde, Heilkunde, Philosophie – was immer das sein mag – und sogar Musik.«

»Hast du den Pythagoras mal getroffen?«

»Nicht in Taras. Als wir da ankamen, war er schon weg. Das hatte etwas mit dem Streit zwischen Aristokraten und Demokraten in Groß Hellas zu tun. Als Pythagoras sechsundneunzig war, ist er mit seiner Schule noch nach Metapontum ausgewichen. Und als wir da ankamen, hatten seine Gegner gerade seine Schule in Brand gesteckt. Ich habe ihn einmal gesehen. An einem Abend, es war ziemlich spät, ging er auf dem Hafendamm spazieren. Uralt, aber ungebeugt. Jemand machte mich auf ihn aufmerksam: ›Der da, der Alte in Weiß, das ist dein Landsmann, der, dem sie die Schule angezündet haben. Wir nennen ihn den Komet von Samos!‹ Bald darauf hörten wir, er sei gestorben, kurz vor seinem hundertsten Geburtstag. Man begreift einfach nicht, was so ein Mann sein Leben lang getrieben hat. Was hat so eine Schule denn für einen Zweck? Was sollen wir mit all den Gelehrten? Die sollten lieber einen Beruf lernen!«

Der alte Mann in der dunklen Ecke war aufgestanden. Schlurfend bewegte er sich durch die Menge zum Tisch mit der Lampe. Vor dem jungen Seemann blieb er stehen. Wieder wurde es still in der Schenke. Obwohl der Mann nicht laut sprach, waren seine Worte in jedem Winkel zu verstehen.

»Narr!«, sagte er. »Dummkopf! Du hast den größten Sohn von Samos getroffen und hast es nicht einmal begriffen!«

Kerzengerade, ohne auch nur irgendjemanden eines Blickes zu würdigen, ging er zur Tür. Ein Windstoß erfasste seinen weißen Mantel. Für einen Moment funkelte etwas im Schein der Fackel unter dem Aushängeschild: eine goldene Fassung um einen dunklen Stein, der an einer Schnur um seinen Hals hing. Alle schauten ihm nach, diesem weißgekleideten Mann, der sich wie eine Geistererscheinung in der dunklen Nacht aufzulösen schien.

Nachwort der Autorin

Jeder Schüler kennt seinen Namen. Niemand, auch nicht der, der ständig mit seinem Lehrsatz arbeitet, weiß etwas vom Leben dieses Mannes.

Was haben wir von ihm in der Schule gelernt? Den Satz der Dreiecksberechnung: $a^2 + b^2 = c^2$. In Worten: Im rechtwinkligen Dreieck ist die Summe der Quadrate über den Katheten gleich dem Quadrat über der Hypotenuse.

Ich habe während meiner Schulzeit den Nutzen dieses Lehrsatzes nicht einsehen können.

Ein halbes Jahrhundert nach meiner Schulzeit besuchte ich Samos und wurde dort unerwartet mit dem Mann konfrontiert. Da stand er auf dem Hafendamm, eine große Bronzegestalt in seinem rechtwinkligen Dreieck, einen Arm hochgestreckt. Kam Pythagoras von Samos? Nie gewusst! Da ich nicht »nur so« in mir unbekannte Regionen reise, sondern stets mit der Neugier des Menschen, der für eine Geschichte ein kaum bekanntes Thema sucht, sammelte ich über die Geschichte der Insel so viele Informationen wie möglich. Ich fand heraus, dass Samos wirklich große Geister hervorgebracht hat, und ich entdeckte die Bedeutung des größten Sohnes dieser Insel: Pythagoras.

In seinem fast hundertjährigen Leben war er nicht nur ein Stern am Himmel der Wissenschaft, er scheint auch ein außergewöhnlicher Mensch mit einem ziemlich aufregenden und abenteuerlichen Leben gewesen zu sein. Ich nahm mir vor, den Lebenslauf des Menschen Pythagoras aufzuspüren und zu einem Roman zu verarbeiten. Eine lange Spurensuche in Universitätsbibliotheken und mühsames »Krümel-Lesen« in Fachliteratur lieferten schließlich die Bausteine für diese Geschichte. Die Schriften verschiedener Historiker verhalfen mir zu einem Verständnis der ionischen Welt seiner Zeit, der persischen Kriege und des Verhältnisses zwischen den Bewohnern von Samos und den Persern, zwischen herrschenden Tyrannen und Gelehrten. Es ist schließlich unmöglich, den Lebenslauf eines Menschen aufzuzeichnen, ohne seine Lebensumstände zu kennen. Es zeigte sich sogar, dass eine zweite Reise nach Samos nötig war.

Da von den Vorträgen des Pythagoras große Passagen erhalten geblieben sind, konnte ich seine Ausführungen authentisch übernehmen. Die historische Figur des jungen Fischers, der den Ring des Polykrates fand, habe ich in seinem späteren Leben immer wieder mit Pythagoras in Kontakt gebracht und ihm so eine bindende Funktion gegeben. Stets habe ich versucht, den historischen Tatsachen so nahe wie möglich zu bleiben.

Pythagoras, aber auch der Tyrann Polykrates, der Baumeister Eupalinos und viele Weise, die Jahrhunderte vor Christus lebten, haben Samos zu einer der interessantesten Inseln des griechischen Archipels gemacht.

Ich hoffe, dass meine Leser, wenn sie diese wunderschöne Insel besuchen und sein Standbild auf dem Hafendamm sehen, sich durch diese späte »Hommage« an Pythagoras etwas mehr unter diesem Mann vorstellen können als nur den Lehrsatz aus einem Schulbuch.

Pythagorion/Wijk bij Duurstede, 1994 *Tonny Vos*

Namen und Ausdrücke

Akropolis	Stadtburg, Zitadelle
Alaschja	das heutige Zypern
Ampelos	Gebirgszug auf Samos
Amulett	Talisman, dem geheimnisvolle Kräfte (Schutzfunktion) zugeschrieben werden
Bakschisch	Trinkgeld, milde Gabe
Feluke	arabisches Segelboot ohne Vorderdeck
Flotille	Verband gleichartiger Kriegsschiffe
Fresken	Wandmalerei, aufgetragen auf feuchten Putz
Fuß	Längenmaß von ca. 30 cm
Gallabiya	bis zu den Knöcheln reichendes hemdartiges Gewand in arabischen Ländern
Greif	Fabeltier mit Kopf und Flügeln eines Adlers und Rumpf eines Löwen
Großes Grünes Meer	Mittelmeer
Hapi	der Nil, auch Gottheit des Nils
Hellas	das heutige Griechenland
Hellenen	Griechen
Heraia-Fest	Fest zur Ehre der Vermählung von Hera und Zeus
Hieroglyphen	ägyptische Bilderschrift
Hopliten	schwerbewaffnete Soldaten
Ida	Berg auf Kreta, mit Geburtsgrotte des Zeus
Ionien	Bezeichnung für Küstengebiete im Westen Kleinasiens und der vorgelagerten Inseln

Ionier	einer der bedeutendsten vier griechischen Stämme
Kafti	alter Name der Insel Kreta
Kemi	Ägypten; die Zwei Länder
Königskartusche	in schmuckvollem Rahmen eingefasster Name des Pharaos
Krater	altgriechischer Weinmischkrug mit weiter Öffnung und Henkeln
Kuros	nackte Jünglingsstatue der alten griechischen Kunst
Mastaba	altägyptisches Grab-Monument in Form einer stark abgeflachten Pyramide mit länglicher Grundfläche
Mnofer	ägyptischer Name der alten Residenzstadt Memphis westlich des Hapi (Nil), ca. 20 km südlich von Kairo
Monolith	aus einem Steinblock gefertigtes Architekturglied; z.B. Obelisk
Musen	griechische Göttinnen der Künste und Wissenschaften
Mytilene	die heutige Insel Lesbos
Nikaria	die heutige Insel Ikaria
Orakel	Weissagung; hier bezogen auf das Orakel von Delphi mit der Pythia, deren Weissagungen von Priestern und Priesterinnen gedeutet wurden
Papyrus	Schilfgewächs, aus dem die alten Ägypter eine Art Papier machten
Phoenicia	(auch Phönikien, Phönizien) im Altertum Landstrich an der syrischen, libanesischen und israelischen Mittelmeerküste
Phönix	vogelähnliches Fabelwesen der Ägypter, das sich alle 500 Jahre selbst verbrannte und neugeboren aus der Asche aufstieg
Propontis	heute Marmarameer

Pyramide	vier- oder mehrseitig spitz zulaufendes ägyptisches Grab-Monument, vornehmlich für Pharaonen
Samaina	Schiff der Insel Samos mit Wildschweinkopf am Bug, vor allem als Kriegsschiff eingesetzt
Samos-Erde	Porzellanerde; auch zu medizinischen und kosmetischen Zwecken verwendbar
Satrap	Statthalter im Persien der Antike
Säulen des Herakles	Säulen des Herakles in der Straße von Gibraltar
Skarabäus	Mistkäfer des Mittelmeergebietes; im alten Ägypten heilig als Sinnbild des Sonnengottes
Skythen	Name für ostiranisches Reiternomadenvolk, das seit dem 9./8. Jh. v. Chr. in das Gebiet zwischen Don und Karpaten und bis ins heutige Rumänien einwanderte
Stadion	(Mehrzahl: Stadien) altgriechisches Längenmaß; hier ca. 185 Meter
Stater	Silbermünze
Tabai	alter Name der alten ägyptischen Stadt Theben, heute Luxor
Taras	das heutige Tarent in Apulien, um 700 v. Chr. gegründet, ab 272 unter römischer Herrschaft als Tarentum
Tares und Tameh	Ober- und Niederägypten, die »Zwei Länder«
Thera	die heutige Insel Santorin, vor dem Vulkanausbruch Strongili (die »Runde«) genannt
Tyrann	im alten Griechenland Alleinherrscher mit uneingeschränkter Macht
Tonaia	Bindefest, Feier zum Gedenken an den misslungenen Raub des Hera-Bildnisses
Zoroaster	auch Zarathustra; persischer Religionsstifter, Astronom und Sterndeuter im 6. Jahrhundert vor Christus

In einigen Fällen wurde aus Gründen der besseren Lesbarkeit und des besseren Verständnisses von der offiziellen altgriechischen Schreibweise abgewichen.

Literaturangaben

Baltzer, Eduard: *Pythagoras, der Weise von Samos*, Nordhausen 1868

Bilabel, F.: *Pythagoras von Samos und Amasis von Ägypten*, Neue Heidelberger Jahrbücher, 1934

Casson, Lionel: *Ships and Seamenship in the Ancient World*, Princeton 1971

Davaris, Dimitris G.: *Samos, het eiland van Pythagoras*, Athen, ohne Jahresangabe

Finley, M. I. & H. W. Pleket: *The Olympic Games, The First Thousand Years*, London 1976

Kyrieleis, Helmut: *Führer durch das Heraion von Samos*, Deutsches Archäologisches Institut, Athen 1981

Meier, Christian: *Athen*, Berlin 1993

Schlimmer, J. G. & Z. C. de Boer: *Woordenboek der Grieksche en Romeinsche Oudheid*, Haarlem 1920

Shipley, Graham: *History of Samos, 800–188 BC*, Oxford 1987

Tölle-Kastenbein, Renate: *Herodot und Samos*, Bochum 1976

Valis, Vasilis: *Samos – Geschiedenis en Kultuur*, Samos, ohne Jahresangabe

Karte mit den heutigen Namen